天下篇，逍遙遊
七星劍，葫蘆酒
你就這樣長身去了江湖
自天涯滄桑風塵回來的你
大鐘鳴鼓，琴瑟竽笙
高台厚榭，邃野之居
或人何在？或人何在？
你又滯書攜酒配劍
從眼前到天涯，一路過去

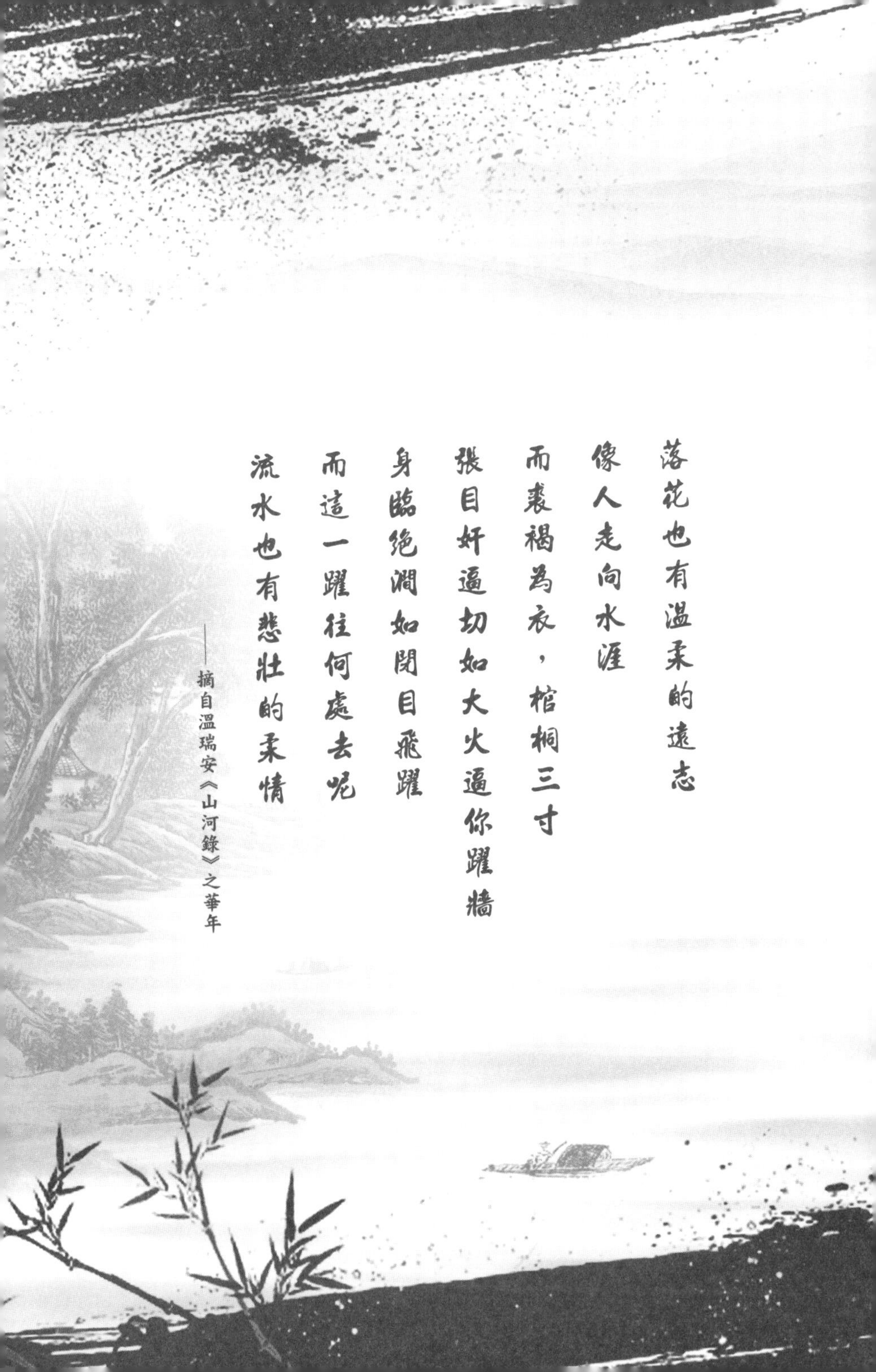

落花也有溫柔的遠志
像人走向水涯
而裘褐為衣，棺桐三寸
張目奸逼切如大火逼你躍牆
身臨绝澗如閉目飛躍
而這一躍往何處去呢
流水也有悲壯的柔情

——摘自溫瑞安《山河錄》之華年

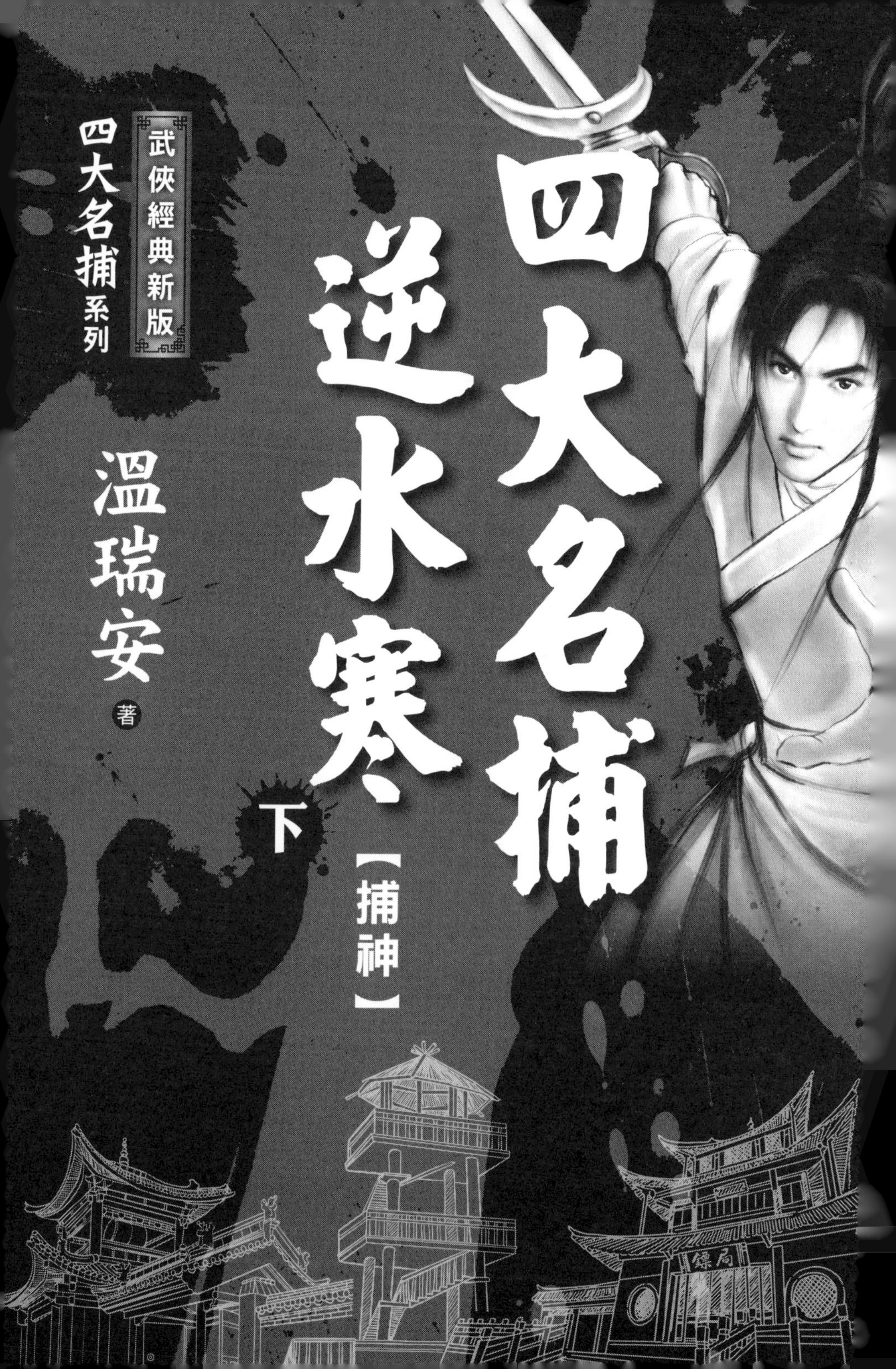
四大名捕系列
武俠經典新版
溫瑞安 著
四大名捕
逆水寒
下
【捕神】

四大名捕逆水寒系列

逆水寒

捕神

下卷

目錄

四十　雞血鴨毛

「我要活下去。」

「我要用盡一切辦法活下去，還要活得很好。」

「活下去才能夠報仇。」

這是此刻戚少商的想法。

人是會變的。但大部分的人都以爲自己不會變。其實是應該要變的，當變即變的，只不過有些人是潛移默化的變，有些人是徹頭徹面的變，有些人是外形變，有些人在內心變，有些人小事變易，大節不變，有些人卻毫無原則，只有性情不變。

成長是一種變。

成熟也是一種變。

患難和享樂，永遠是變的源頭，很少人能在受盡煎熬苦難和享有榮華富貴之後，能夠全然不變的。

變也沒什麼不好，變有時候是必須的。

人是依靠適時而變才能活下去的，一如夏天搖扇、冬天加衣一般自然。

「他們爲了我送死，我應該跟他們在一起。」這是息大娘現刻的想法。

她想到雨中搏鬥的一群人，就熱血賁騰。

她明知戚少商和自己應該逃離，可是，她畢竟是個麗烈的江湖女子，有些人，比誰都知道生命的可貴，比誰都瞭解逃生的方法，但他們在重要關頭，拋頭顱、灑熱血，將性命作泰山似鴻毛的一擲，決無絲毫珍惜。

這究竟是聰明人，還是笨人？

也許這並不重要。江湖上、武林中、歷史裏、可歌可泣的事件，往往都是這些人的熱血寫成的。

◇◇◇

戚少商那樣一問，息大娘同時也想起了秦晚晴和唐晚詞，以及毀諾城中那一干姊妹，戚少商也想起了雷捲、沈邊兒和一眾連雲寨的兄弟。

可是想起了又能怎樣？他們仍在逃亡。

逃了那麼久，那麼遠，仍未逃出生天。

「到思恩鎮去。」息大娘心裏雖然難過，但是她可以肯定一點：因爲臨陣脫逃，他們已爭取了時機。爭取了與劉獨峰拉遠距離的時機。

如果善於把握這個時機，甚至可以甩掉劉獨峰的追蹤。

既然已經有人爲這一點作出犧牲，他們就不該平白浪費這個重要的時機。

「思恩鎮？」對戚少商而言，思恩鎮只是一個市集中心，商人聚集買賣皮貨的地方，以及屠宰場所。

「對，思恩鎮。」

「爲什麼要到思恩鎮？」

「因爲我們約定，高雞血等人在思恩鎮接應，赫連春水也會到思恩鎮會集。」

「我跟高雞血、尤知味、赫連春水他們，以前也曾合作過，一齊對抗過強敵；」息大娘補充道：「我們進退之間，都有一定的默契。」

「可惜，我們從來沒有應付過，像劉獨峰這樣正義、強悍、堅忍而武功高不可測的敵手！」

於是他倆到了思恩鎮。

一入思恩鎮，他們便聽到那種很特殊的犬鳴聲。

息大娘當然明白這犬鳴聲的意思。

她往犬鳴處走去。

最後來到了「安順棧」。

犬吠聲驟然而止。

息大娘與戚少商互望了一眼。

息大娘點了點頭。

戚少商遂舉起了手，叩響了門，叫道：「店家，店家。」

開門了。

一個胖子、一個老者、一個年輕人，站在店門。

年輕人掌著燈，燈光映在戚少商和息大娘的臉上。

藍衫胖子一見到他們，就笑瞇瞇的打量戚少商一眼，然後又看了六、七眼，再瞪了七、八眼，才在臉上擠滿了笑容，道：「大娘，這位就是教赫連小老妖自古多情空遺恨的戚寨主是嗎？現在這個模樣，我是做生意的，看準妳這樁買賣蝕定了老本。」

息大娘冷凝了臉孔，道：「高老闆，你讓不讓我們進去？」

高雞血涎著笑臉道：「讓又怎樣？不讓又怎樣？」

息大娘道：「讓就少說廢話，不讓咱們立即就走！」

高雞血慢條斯理的道，「我打從老遠趕來這兒，累死了四匹馬，磨破了三條褲襠，眼巴巴趕到這兒來，剛剛才在樓上收拾了三十來個軍兵，十來名衙差，五名高手，一位大捕頭，就是等你來；不讓你們進來，讓誰進來？」

「再說，」高雞血用他那條血紅的細長舌頭，又一舐鼻尖，道：「你們要是不進來，還能往那兒跑去？前頭，據報，那姓顧的新貴，還有那用黃金買的狗官，加上些什麼烏鴉、駝背大將軍的，已直逼而來，你們能逃到那兒去？」

「還不止，」息大娘道：「後面跟上來的還有當代捕神劉獨峰。」

高雞血忽然笑不出來了。

他突然收起笑容的時候，連燈火也為之一黯。

他喃喃地道：「陶清他們……」

息大娘道：「連花間三傑，羅盤古也凶多吉少了……」

高雞血緊接著問：「赫連小妖呢？」

息大娘道：「未知生死……」

高雞血長嘆了一聲，退了兩步，微微欠身，意即招呼息大娘入內：「我實在不該答允相助你們的！」

他嘆了一聲又道：「這會使我們『老頭子』一脈全軍覆沒的！我們原本只是

殷實的生意人！」

息大娘並沒有立刻進去，道：「所以我要先把實情告訴你；你要是後悔，還來得及！」

高雞血回頭看了看，店裏有一處神龕，正在上奉著，神壇上是一位老婆婆的塑像，老婆婆的神態雖然塑得栩栩如生，但全不似一般供奉神像的容態，倒不似神仙，而直如平凡人。

「遲了，遲了！」他攤攤手道：「別忘了我已在先母名位立誓。」

「這誓約只要我不提，你當著沒見到我，也並不算毀約！」息大娘道：「我現在沒有了毀諾城，不能給你要的東西，你有充份的理由毀約！」

高雞血笑了笑，想了想，瞇起眼睛道：「我是生意人。生意人講究眼光，放長線，釣大魚，我的眼光一向不差，生意也做得很大。」他指了指息大娘，「妳還是息大娘，」又指了指戚少商，「他還是戚少商，」頓了頓，接著說：「只要戚少商、息大娘都還活著，誰又知道那一天又建一座毀諾城，起一座連雲寨！」

戚少商忽道：「高老闆，你若能助我，他日連雲寨重建，你就是我寨的供奉——」

高雞血連忙搖手道：「謝了免了，你們大寨，講的是仁義道德、劫富濟貧、鋤強扶弱、理所當然，我講的只是錢，可不要跟官府朝廷作對，也不空談什麼志氣理想，他日如果還有連雲寨，有錢可賺的事，盡可來找我，若無油水可撈，光談俠義，我可不幹！」

戚少商一時爲之氣結。

高雞血又堆起機警的笑臉，道：「請進來吧，我們就躲在這兒，躲得過則是最好，否則佔著地利，跟劉獨峰、顧惜朝、黃金鱗他們打一場硬仗又如何！」

戚少商向那老者一拱手，道：「閣下想必就是與高老闆齊名、一時瑜亮的韋掌櫃了？」

韋鴨毛道：「不是瑜亮，而是畜牲，他雞我鴨。他會做生意，搞陰謀；我會打算盤，學人筆跡刻章，如此而已。」他指指那小店伙，道：「別小看他，他就是江湖人稱『衝鋒』的禹全盛。」

禹全盛仍小心翼翼的掌著燈，把兩人領進來後，再返身上好了栓。韋鴨毛道：「今晚，這兒上上下下，住的全是我們自己人，劉獨峰他們要是查到這兒來，也未必能瞧出蹊蹺，暫時躲得三五天，把傷養好，那也是好事。」

「是。」戚少商卻瞥見高雞血正向他母親的靈位上香，十分恭誠，心中覺得這位「奸商」，有這份親念孝心，可謂十分難得。

「是了，」息大娘忽然記起了什麼，問：「剛才你們不是說擒住了一批人，那是些什麼……」

話未說完，外面的犬吠聲又起，悽厲之餘，竟有些似狼嗥。

高雞血仍對他母親靈位叩首，專心誠意，神色不變。

禹全盛臉上微微變色，道：「來得好快！」

韋鴨毛銀髯微飄，疾道：「上樓去！」

禹全盛立即領戚少商與息大娘上樓，進入那一間剛才格鬥過的房間裏。

他們隔著布簾的縫隙，在偷窺樓下街上的情形。

來的是什麼人？

怎麼來得這麼快！

◇◇◇

來的不止是一個人。

是一隊人。

浩浩蕩蕩的一隊軍兵。

火光獵獵。

軍容肅整。

這一隊人馬，雖歷經數場廝殺，連日奔波，但依然威風有勢，皆因軍紀森嚴。

這一隊人馬，除了軍兵之外，還有連雲寨的徒眾，以及神威鏢局的高手，足有四百餘人，在火光與馬蹄聲中，進入了思恩鎮。

爲首的是黃金鱗。他指揮全軍。

全軍分三個隊次：軍隊乃由鮮于仇負責，鏢局高手由高風亮調度，連雲寨徒眾則由游天龍率領。

顧惜朝與冷呼兒則不在其中。

他們去了那裏？

他們進入了思恩鎮，就挨家挨戶的搜查。

這一搜的結果，他們很快的就發現一件事情。

——李福、李慧兄弟及手下一群差役，就在這鎮裏失蹤的。

——還有「連雲三亂」：宋亂水，郭亂步和馮亂虎，還有三十多名高手，全不知下落。

這一查的結果，很快便勾勒出這些事情，或多或少都跟「安順棧」有關。

大隊立刻調到「安順棧」來，重重包圍了這個地方。

戚少商知道這次再也逃不了。

他沒想到高雞血、韋鴨毛等人的掩護，反而成了甕中捉鱉。

可是息大娘神色仍然鎮定如恆。

因爲這時候，「咿呀」一聲，一人開門，走了出去，迎向箭扣弩張的大軍。

卻正是藍衫胖子高雞血。

◇◇◇

高雞血打開門，緩步走出。

黃金鱗一見此人，也嚇了一跳，心忖：怎會是此人！忙叱道：「沒我下令，不許放箭！」

全軍一齊喊：「是。」聲量齊整有力，足可把膽子小的人嚇倒當堂。

高雞血遙相拱手，笑道：「來的大官可是黃大人？這火花炫眼的，我可看不見您的全面！」

黃金鱗心中奇道：果真是他！這好錢如命的角色，做生意做到朝廷上去了，怎麼會在此地出現！當即下馬，笑道：「原來真是高老闆！」

高雞血笑著上前，相擁道：「黃大人，去年京城一會，沒想到咱們卻在此地會合，果真有緣！哈哈哈……」

黃金鱗運勁於身，防他突襲，卻不覺高雞血有何異動，心想此人跟朝廷各方大員都有交往，與傅宗書也有淵源，卻不知因何要冒這趟渾水，便說：「下官原不知高老闆在此居停，因公務在身，來此勘查，騷擾之處，尚祈恕罪則個……」

高雞血一愣，小聲道：「公務，卻不知是什麼公務？」

黃金鱗笑容一斂，小聲道：「實不相瞞，見高兄是自己人，我才敢說，我這回來，是抓拿朝廷欽犯來著的……」

高雞血即道：「朝廷欽犯？戚少商！」

黃金鱗沒料他竟一語道破，呆了一呆，道：「你也知道——」

「當然知道，這陣子捉拿戚、息兩個叛賊，招貼榜文，天下不知者幾希矣；」他笑了笑，低聲道：「何況，刑部文大人便是叫我在這兒伏著，等戚少商那干逆賊入甕！」

這番話倒出乎黃金鱗意料之外，他神色不變，卻忍不住「哦」了一聲，自然表達了一點詫異和不信。

「你不信麼？也難怪，」高雞血自襟內掏出一份火漆密封的函件，遞給黃金鱗，道：「你看看便知箇中內情。這是文大人的手令。」

黃金鱗一手拈接過書束，小心翼翼的拆封、打開、展讀，瞧他的小心防範，高手一眼可以看出，他在提防信封內沾有毒藥，在戒備高雞血的突施暗算。

火光照著他的臉肌，在讀信的時候，突突的跳動著。

火炬發出輕微但清晰的聲響。

一群軍隊，鴉雀無聲，只等黃金鱗一聲令下。

黃金鱗讀罷信函，摺信入封，遞回給高雞血，道：「大水沖著了龍王廟，真是自家人不識自家人，得罪之處，萬請見諒。」

匿伏在樓上的戚少商和息大娘，雖不明信裏內容，但知高雞血已暫時應付過去了，正要舒得一口氣，忽聞黃金鱗一字一句地道：

「不過，下官職責在身，這座客店，還煩高老闆行個方便，讓我們作個例行公事，進去搜一搜。」

四一　尤知味的滋味

世上官僚都有一個共同的特徵：那就是「翻臉不認人」。

這種做法，在清官叫做克盡職守，大公無私，有時可以叫做鐵臉無私，執法如山，在貪官也叫做公事公辦、依法行事，甚至可以叫做六親不認、大義滅親。總之一個「法」字，在他們手上，既可顛三倒四，也可逆行倒施，法理伸縮自如，借法行私，自是得心應手，爲所欲爲。

大凡官員，自有一番官腔。

聽官員打官腔，那是非同小可的事兒，因爲官腔既不好聽，但又不得不聽，萬一在恭聆時神態出箇什麼差池，重則滅族，輕則抄家，事情可大可小，誰敢輕惹？

黃金鱗這下子跟高雞血打的就是「官腔」。

幸好高雞血這個人，已聽慣了「官腔」。

甚至可以說，他這一世人，都在「聽官腔」和「打官腔」裏度過。

有些人已習慣了天天打官腔，有朝一日忽然不打官腔了，心裏就會不舒服，難受得很。就像天天坐轎子的人有朝忽然要用雙腳來走遠路一樣。

高雞血眉開眼笑的道：「自是應該搜一搜的。不過，卻也有些兒不便。」

黃金鱗盯著高雞血的全身，眼睛眨也不眨：「既然該搜，那就不會有什麼不便，莫非高老闆隱藏些什麼見不得光的在客店裏？」

高雞血笑瞇瞇的頷首：「確是。」

黃金鱗眼神轉為凌厲：「高兄隱衷，無妨直言。」

高雞血道：「奉皇上聖諭，來此設下天羅地網，來抓拿逆賊戚少商，大人這一帶軍入內，不是把在下苦心佈置的局面搞砸了嗎？這又何必！」

黃金鱗想了一想，一揖道：「高兄，下官也是軍令在身，不得不執行公務，入內一搜。」

高雞血眉毛一挑，道：「黃大人不賞情面？」

黃金鱗道：「高老闆言重了。」

高雞血道：「別無他策？」

黃金鱗道：「下官也希望有別條路徑，為了不傷和氣，這兒既然無窩藏欽犯，何不讓下官帶七十精兵，入內一搜？」

高雞血笑道：「說得也有道理。」他好整以暇地接道：「我沒有問題，可惜有一位朋友不會答應。」

黃金鱗盯著他的雙手，神色不變，但全身都在戒備狀態，道：「不知是那一位朋友，不妨請他出來相見。」

忽聽遠遠一個聲音道：「是我。」

只聽一陣得得的蹄響，黑夜裏，一匹灰馬自遠而近。

這匹馬奔行的速度也不算怎麼快，姿勢奇特，黃金鱗等雖然人多勢眾，但也有一種毛骨悚然的感覺。

◇◇◇

灰馬迅即奔近。

馬背上卻無人。

弓箭手立即瞄準馬腹。

馬腹下也沒有人。

沒有人的馬，怎麼會說話？

難道說話的不是人，而是馬？

黃金鱗的臉色，在火光裏忽明忽暗，有點笑不出來。

高雞血問：「我的朋友來了，你不認識嗎？」

黃金鱗的手已搭在劍柄上。

只聽一個奇怪的語音，緩緩的道：「聽說這個人陞官發財以後，就再也不認得老朋友了。」

這人的聲音，竟從馬嘴裏傳出來。

火炬、弓箭、刀槍，都對準了那匹怪馬。

怪馬裂開，像一尊石膏像被擊碎。

馬碎裂，人在馬中。

這人出現，氣定神閒，是個瘦子。

黃金鱗一見此人，即寬了顏，叱道：「不許動手。」

然後三兩步上前，親熱地攬肩招呼道：「你來了，尤大師。」

◇◇◇

江湖上、武林中，尤大師只有一個，跟朝廷上、官場裏的尤大師，是同一個人。

尤大師只有一個。

尤大師的全名是——「尤大廚師尤知味。」

尤知味這人也沒有什麼特別，他的武功高低，沒有人知道，他的定力如何，也沒有人知道，他的爲人怎樣，也不得而知；人們唯一知道的是，當今天子，就愛吃他親手烹製的菜餚，這一點，比什麼都重要。

黃金鱗還比別人知道多一點事情。

那就是尤知味不但控制了皇帝的口胃，同時還是當今天下權力最高的傅丞相的親信。

單憑這兩點，黃金鱗就知道，這天底下，決不能得罪這一號人物。

黃金鱗是個聰明人。

他跟尤知味畢竟也碰過三次面。

遇到這種重要人物，他只要見過一眼，立即就會記住，下次再見的時候，便會變成熟人。有些時候，黃金鱗的「熟人」，根本還未曾謀面。

尤知味淡淡地道：「你要入內檢查？」

黃金鱗怔了一怔，道：「這……」

尤知味直截了當的道：「你在進去之前，最好能先看看這封密束。」說罷掏出一封公文，黃金鱗一看，神色更是恭謹起來。

尤知味待他看完之後，又問道：「怎樣？」

黃金鱗額上已滲出黃豆大的汗珠，道：「下官不知道傅大人已另派人手，接管此事……」

尤知味冷笑道：「你們辦事不力，勞師動眾，抓拿區區幾個反賊，都徒勞無功，相爺好生不悅。」

黃金鱗汗涔涔下：「是，是……下官等確已盡力，唯望尤大師在相爺面前，多美言幾句。」

「這……我會看著辦。」尤知味負手沉吟。

黃金鱗上前一步，低聲道：「大師，城南龍鳳坡旁，有一處大宅，正是龍蟠虎踞之地，山幽水秀，夏涼冬暖，我和荊內早已添置，唯這等風水旺地，貴人方可承受得起，不如待大師下次來京之時，我們再接你過去看看宅子，不知大師意下如何？」

「這……」尤知味神色稍緩，道：「如此厚禮，怎好意思啊？」

黃金鱗忙道：「這是個權貴雙全的好居處，在下怎受得起？還是尤大師方才實至名歸。大師如果堅拒，那就是不賞面給在下了。」

尤知味道：「這個……待咱們回京再說罷……你這個地方，還要不要搜一搜查一查？」

「不搜了，不查了，」黃金鱗忙不迭地道：「既有相爺手令，下官有幾個腦袋，搜個什麼搜？我會依照吩咐，退離十五里……」當下揚聲向高雞血長揖道：「高老闆，多有得罪，請您高人寬量，不要計較。」

說罷，返身調度兵馬，一眾凶神惡煞，片刻間走得乾乾淨淨。

◇◇◇

高雞血看著風捲殘雲般去遠的軍隊，笑著道：「黃金鱗實在是個很夠朋友的人。」

尤知味也笑道：「至少，他是個很管用的朋友。」

高雞血轉向尤知味，笑道：「管用的是你的名頭。」

尤知味反手一引，道：「其實最管用的，還是你那位寶貝師弟，韋鴨毛的那一手好字和仿刻圖章的本領！」

「安順棧」的大門打開，韋鴨毛與禹全盛走了出來，韋鴨毛道：「現在，應當如何？我那仿製的字章，總不能瞞天過海一輩子。」

尤知味道：「現在？決不能貿貿然出去，外面還有搜索者的天羅地網，還有劉獨峰這厲害的角色沒有來。」

高雞血有點耽心地道：「那顧惜朝呢？好像不在隊裏。」

尤知味臉有得色的道：「我總得要見見息大娘，遂了心願；」他看著自己白皙修長的十指，道：「也許，我突然興起，見大家都逃得餓了，先給你們煮一頓好吃的再說！」

禹全盛高興得幾乎要跳起來，拍手道：「好極了，能吃到尤大師親手煮出來的東西，那是王親國戚才有的福份呢！」

「胡說！」尤知味感慨地啐道：「其實那干皇室朝臣，那懂吃東西？我在御膳廚裏，只管把山珍海味堆在一起，擺得華貴漂亮就好，味道嗎？誰懂得品嚐！」

禹全盛滿懷希望的說：「我懂，我懂。」

尤知味笑笑道：「你也不用急，息大娘逃累了，也逃餓了，我先給她弄一頓好吃的，你們自然也有口福了。」

韋鴨毛也喜形於色：「我叫三、五個廚子幫你。」

「也罷。」尤知味道：「雖然我也有幫手，但他們幫我看火切菜，也總比沒有的好。現在你就告訴我：息大娘在那裏？還有廚房在那個方向？」

息大娘和戚少商跟尤知味見了面。

戚少商和息大娘身上的新傷，已被高雞血的手下包紮裹好。

尤知味見著息大娘，對戚少商深深地望了一眼，輕哼一聲道：「妳欠我一次情。」

息大娘道：「我們仍未脫險。」

「我知道，」尤知味道：「我不是要妳現在還我情。」他皮笑肉不笑地道：「我現在只是要請你們吃飯，吃我尤大廚師煮的『滋味粥』。」他說完便走下樓去，跟高雞血小聲道：「怎麼櫥櫃裏有人？是什麼人？」

高雞血當下把鐵手唐肯在午間力戰王命君等事，和盤相告，同時也不漏了李福、李慧來捕鐵手，以及喜來錦等衙差窩裏反，引出了「連雲三亂」及一干官兵，後來終教韋鴨毛的手下把這一干人全制住了。

尤知味聽後，沉吟得一會，韋鴨毛問：「要不要先把連雲三亂等殺了，或把鐵二爺放了，還是……請他們一起來吃尤大師您的『滋味粥』？」

尤知味道：「不必了。就留他們在隱蔽之處，待戚少商等人脫險之後，再把該殺的殺，該放的放，這才安全。」

韋鴨毛道：「大師說的是。」

尤知味答道：「我說話，一向不見得怎麼有理，倒是煮菜燒飯，還薄有點名氣。」

高雞血伸手一引作恭請狀，道：「正是要大師大展身手。」

尤知味返身打開了大門，門前站了兩個人。

這兩人站在門前，彷佛已站了好久好久。

一人披頭散髮，滿臉泥污，目光閃縮，神情可怖；另一人則像貴介公子，但左目已眇，獨眼用皮套罩著，臉上近鼻樑有一道長長的刀疤，目露神光，令人不敢逼視。

韋鴨毛和禹全盛一見，卻暗吃一驚。

更驚異的是，外面佈下不少高手，竟都不知這兩人已來到門口。尤知味卻道：「披髮的是申子淺，外號『三十六臂』。獨眼的叫侯失劍，綽號只有兩個字，叫做『血鹽』。」他停了停又道：「燒菜就像殺人、動武一樣，出手要準要快，申子淺就夠準夠快；煮菜不能缺少了鹽，侯失劍就是我的鹽。只不過，這個人，動起手來，無論在任何一方，都像菜裏已下了鹽一般重要。」

他拍拍兩人肩膀道：「他們，都是我的好幫手。」

因爲有最後這一句話，高雞血、韋鴨毛、禹全盛，才能放下心頭大石。

像這樣可怕難測的對手，他們實在不想招惹。

然而像這樣的幫手，則多多益善。

對於這一頓美味而難忘的「滋味粥」，戚少商、息大娘、高雞血，韋鴨毛，禹全盛等，真是吃出滋味來。這一班江湖漢子已輪班、更替的吃了兩碗，還意猶未足。

偏偏是剛吃出滋味，就沒得吃了，這滋味更叫人瘋狂。

也許尤知味因侷限於佐料的不夠充份，這「滋味粥」還弄得並不如何，但他那點到為止、恰到好處的粥份，使得大家更回味無窮，念念不忘。

尤其是戚少商和息大娘，這連番逃亡下來，那有好好吃一頓飽餐的機會？這回可讓他們大快朵頤了。

高雞血忽然想到這點，便問：「你是怎麼知道有人躲在壁櫃裏的？」因為鐵手在櫃裏，連戚少商和息大娘也察覺不出來，尤知味的武功再高，也不至於此。

「我聞出來的。」尤知味大笑說，「你不知道嗎？擅於燒菜的人，鼻子和舌頭都特別靈！」

高雞血這才明白，想了想，端起剩下的一小碗粥和送粥的小食，向禹全盛道：「你還是送一份給鐵二爺吃吧。」

戚少商在一旁聽得奇怪，問：「鐵二爺？」

高雞血道：「是名捕鐵手——鐵二爺。」

戚少商一震，道：「鐵二爺？他在那裏？」

「他是來抓你的吧？」高雞血安慰地道：「他已落在我們手裏，穴道被制，就困在你們剛才那房間的櫥櫃裏，你放心吧。」

戚少商急了起來：「不行，鐵二爺是幫助我們的人，他絕無與我們爲敵的意思。」

高雞血倒沒想到，「哦」了一聲，看了看尤知味。尤知味微笑托頤不語。

戚少商巍巍顫顫的站了起來，道：「我要去解開他的穴道——」一時卻覺天旋地轉，息大娘忙去扶持他，但也覺得一陣暈眩。

尤知味道：「哦，原來鐵手是自己人，你們趕快上去請他下來呀——」

高雞血的臉色變了。

他暗自運氣，但不聚氣還好，一旦運起內息，丹田劇痛如絞，四肢百骸均感虛脫，渾不著力。

他自是又怒又急，轉首去望了韋鴨毛一眼，韋鴨毛臉上也冒著汗珠，又氣又急。

尤知味笑道：「請他下來又怎樣？早些送死啊？」又問：「這『滋味粥』的滋味怎樣？」

高雞血強自鎮靜，道：「尤知味，你在粥裏下了什麼手腳？」

「我發誓：我沒有下毒；」尤知味笑著攤手，道：「下毒不容易，而且你們又是頂尖兒的高手，一旦吃出來了，對誰都不好，我只下藥，稀薄的，緩慢的，讓你們吃下去後，還懵然不知，讓你們的功力，在一個時辰內運聚不起來……」

他的笑容一斂，道：「一個時辰，我們足已爲所欲爲了！」

四二　赫連小妖

高雞血道：「尤大師，我與你一向不和，你要害我，我沒二話可說，但你答應過要幫息大娘的忙，武林中人若不立信，日後江湖上沒你混的！」

尤知味道：「你說得對，你是靠做生意當了官，我是仗燒菜煮飯進了宮，雖不同行，但也有衝突之處，我要害你，理所當然；」他指了指息大娘，「我在答應幫忙息大娘之前，已經先答應了人，要抓拿她，我答應助她，只是將計就計，算不上背信棄義。」

息大娘道：「你答應了誰？」才一開口，便知道自己真氣不繼，說話的聲音連自己也聽不清楚。

尤知味道：「這妳怨不得我。我要得到的是妳，可是，妳的心全在這小子的身上；」他一指息大娘身旁的戚少商，道：「那我幫妳作什麼？妳的心盡向著別人！」

息大娘不去理他的話，只問：「是誰指使你？」

「是我。」

一個聲音道。

息大娘、戚少商一聽到這個聲音，心就往下沉。

◇◇◇

這不是誰的聲音。

在他們而言，這聲音代表了一個彷彿永不完結的噩夢。

這正是顧惜朝的聲音。

聲音是從那眇目刀疤的貴介公子口裏發出來的。他指了指那披頭散髮的人道：「他不是『三十六臂』申子淺，他是『神鴉將軍冷呼兒』。而今，要殺你們，已不必三十六臂，甚至不需要一條手臂，只要用一根手指，就可以把你們殺個精光……」他接著又指指自己的鼻子道：「我也當然不是侯失劍，你們也一定知道我是誰。」

「你們千辛萬苦，歷艱逃命，到頭來還是免不了一死。」顧惜朝道：「不過，你們最終還是死在我的手上，也該瞑目了。」

戚少商心裏不覺發出絕望的長嘆。這一路逃亡下來，也不知牽累了多少朋友，枉送了多少性命，結果還是逃不出顧惜朝的加害，早知如此，就不必這樣惶惶然如喪家之犬，奔逃求生、連累朋友了。

戚少商至此，難免要埋怨上蒼作弄。他寧可死得不明不白，甚至死無葬身之地，總好過讓顧惜朝得逞，親手殺死自己。

顧惜朝向他笑道：「你到了這個地步，還有什麼話要說？」

戚少商長嘆一聲，道：「無話可說。」

顧惜朝道：「我把你們一個個殺了，再去殺鐵手，這樣，就一勞永逸了；」他頓了頓，望向息大娘邪笑道：「也許，我會剩下大娘妳——戚兄雖是對妳一往情深，尤大師可也是痴心一片啊！」

息大娘不去理他，卻問尤知味：「他給了你什麼好處？」

顧惜朝沒讓尤知味回答，便說：「我的義父是當今丞相，妳想，我會給他多少好處？」

尤知味也笑道：「我侍候皇上進食，皇帝在飽食之餘，奴才說的幾句話，也許還聽得進去……我和顧公子，正是再好也沒有的搭檔。」

高雞血冷冷地道：「大娘，都是妳不好。妳除了請我和赫連助拳之外，還請來了這廝……除了狼狽爲奸，貪饞之外，啥也不會作！」

尤知味狠狠地望著高雞血，一巴掌就摑了過去，高雞血無法抵抗，登時給摑得嘴溢鮮血，兩顆牙齒也掉落下來。高雞血忒也骨頭極硬，把牙齒和血都吞到肚子裏，也不哼一聲。

息大娘怒道：「我們在這裏，要殺要剮，悉聽尊便；這不關別人的事！」

尤知味獰笑道：「妳不忍心看我傷他？」他的樣子本來並不難看，且還算得上清癯嚴肅，一旦獰笑起來，予人感覺卻十分邪惡，息大娘仍不理他。

尤知味惡意地笑道：「妳不忍心我打他——我偏打他給妳瞧瞧！」一拳揮去，高雞血苦於無法閃躲，「碰」地又被擊中臉門，鼻骨登時被擊碎，碎骨刺破表面，一時間血流披臉。

息大娘怒叱：「你——王八蛋！」

尤知味揮拳又要打，禹全盛道：「不要臉！」

尤知味霍然回首，道：「你這小子也來多嘴！活不耐煩是不是？」

禹全盛怒道：「有種就先解了我們身上的毒，咱們再來決一死戰，你這樣打人，算什麼——」

「我本來就是廚師，不是你們江湖上的勞什子英雄！」尤知味上前一步，雙手抓住禹全盛的頸骨，怒罵道：「你死到臨頭，還充什麼英雄？老子就先拿你來開刀——」說著「喀喇」一聲，就扭斷了禹全盛的頸項。

可憐禹全盛無法聚力，不能抵抗，登時頸折身歿。

尤知味看來弱不禁風，手無縛雞之力，但殺人如砍瓜切菜，臉不改色。當下拍拍手掌，又問：「誰還敢不服？」

忽聽一人竭力地放大聲音道：「好！」

尤知味霍然轉身，見是韋鴨毛在說話：「小盛子死得好！就可惜是死在江湖上一個敗類加孬種的手下，可恨啊可恨！不過你雖然死，也替武林中的好漢爭回一口氣，總不像一些豬狗不如的東西，盡是殺無力還手抵抗的人！」

尤知味笑瞇瞇的盯著他，道：「罵得好！果然不愧為高雞血的拜把子兄弟！」

他一步步走到韋鴨毛面前，眼睛在端詳他的脖子，彷彿那兒有一塊煮熟了的嫩肉，他巴不得一口吞下肚裏：「你想必知道話說得太多的人容易受人注意，但通常都會命不太長？」

戚少商忽道：「我們有的是命，就怕你不敢來取！」

尤知味斜剔一條眉毛，問道：「你想死？」

顧惜朝怕尤知味真的下手，他就沒法好好整治這個人，便插口道：「看來，要這個人死得太容易，只是便宜了他。」

尤知味點點頭道：「我把其他人都殺光，把大娘的身子也要了才殺他，就像最好的菜餚，總要留到最後，才回味無窮。」

顧惜朝道：「便是。而今我們私下立了這個大功，義父自然高興，這一高興嘛，自然會有賞賜，這下子，黃金鱗他們可氣歪了鼻子，誰叫他們自以為了不起，敢跟咱們爭功！」

冷呼兒這下也插口道：「便是！那老駱駝也只顧在黃金鱗面前巴結爭寵，好不要臉！」他口裏罵的「老駱駝」，自然便是「駱駝將軍」鮮于仇，他們之間在追殺戚少商等人的過程裏，勢力互相牽制，也漸分作兩派。

黃金鱗是傅宗書安排在朝廷以外的心腹，他的官位不小，但主要還是替傅宗書監視京城以外的異動，尤其是江湖上武林中的風吹草動；爲了鞏固自己的實力，黃金鱗也拉攏能人異士，爲他效力；鮮于仇、李福、李慧、高風亮都向他投靠。顧惜朝則份屬傅宗書的內親，他年紀雖輕，野心卻大，有意建功立威，替義父一統江湖，意圖先拿下武林江山再說；尤知味、冷呼兒、馮亂虎、郭亂步。宋亂水都是向他靠攏。不料因爲志大才疏，還是事與願違，單止敉平逆黨「連雲寨」一事，便始終未能斬草除根，顧惜朝心中已大是不快。

他知道除黃金鱗外，還有另外一股勢力——即是文張：這人陞官極快，已位至欽差大臣，表面以傅丞相馬首是瞻，唯唯諾諾，其實是皇上私下遣出來的心腹密探，來牽制朝中權臣之勢力。

顧惜朝想，自己千辛萬苦，混入虎穴，才把「連雲寨」一網打盡，要是逃逸中的「匪首」戚少商，落在別股勢力的手裏，減了功勛，教他怎能服氣？所以他千方百計，用尤知味調開了黃金鱗等，爲的便是要獨佔大功！

顧惜朝道：「有些該殺的，便立即殺；要留活的，便押回去。」

冷呼兒道：「讓我去喚軍隊過來。」他頓了頓，接道：「但這客店外面，有四人把守，村口更有四人，剛才咱們在村口殺了兩個，店旁殺了一個！還有五人，只怕在發放訊號之前，先得解決。」

顧惜朝道：「那五個人，正要勞冷將軍走一趟。」

冷呼兒笑道：「對付那五個小腳色，再容易不過了，待我先殺了他們，再去空曠之處燃放煙花，召大隊過來便是。」

顧惜朝拱手道：「冷將軍速去速回。」

冷呼兒揭下邋塌污糟的易容之物，笑道：「對付那些三腳貓的玩意，還會延誤麼！」說著乾笑兩聲。

顧惜朝知道這冷呼兒內心極爲好強孤傲，便是因爲這樣，他才不能屈服於武功、智慧皆在他之上的鮮于仇，於是才會向自己靠攏，當下也不便再勸，只說：「將軍要是回來，在門前擊八長七短信號爲記。」

冷呼兒道：「得了。」順手扯下禹全盛屍首上的腰帶，便掠出店門。

他們來攻這「安順棧」前，早已把這兒前前後後的環境狀況，暗椿明樁，窺探得一清二楚，他認清店後的糞池旁，古井裏，有一名高雞血佈下的弟子，伏在那兒。

他決定要先去解決那人。

他把腰帶繫於腰間。

他知道這腰帶是高雞血、韋鴨毛一幫的「暗記」，在黑暗中，腰帶會發出淡淡的微光，他們便知道「來人」是「自己人」。

——可是這個「自己人」，卻專要「自己人」的性命！

想到這裏，冷呼兒不禁得意起來。

殺人立功，輕而易舉，冷呼兒在殺人之前，總會有一種無名的興奮，更何況這次殺人，萬無一失，胸有成竹，而且有大功可立，怎教冷呼兒不喜形於色。

不過高興歸高興，在月色下，冷呼兒的行動仍然小心謹慎，他渾身散發出一種極盛的殺氣，幾乎比月色還要濃烈。

可是殺氣是看不見的。

通常當你感覺到殺氣的存在之時，人已經開始被殺了。

◇◇◇

冷呼兒果爾看見了有人影自古井口一閃。

那人一閃即不見。

不久，又慢慢自古井裏冒起頭來，這次再也不馬上就縮回去。

——這必定是因為他看見了自己身上的「腰帶」！

冷呼兒慢慢的走近去，但臉並不向著古井，佯作並沒有看到這位「同伴」。

果然，這「同伴」在低聲招呼：「噓，噓，過來，過來這裏，這裏！」

冷呼兒假裝沒聽見，並且好一會才找到聲音的來源。

冷呼兒慢慢地走過去，「喂」了一聲。

那人喜道：「怎麼這麼遲才換班！店裏有事嗎？」

冷呼兒心忖：原來他們要換班了，自己來得正是時候。嘴裏含糊地應了一聲。

冷呼兒走上前去，那戍卒背對井口，其實已被冷呼兒逼入死角。

冷呼兒知道只要自己一動手，先把對方喉嚨切斷，對方呼叫無從，頭顱跌落井中，噗通一聲，一條人命便了了賬！他再去找下一個！

他心下計議已定，一隻手便佯裝很友善的往對方搭去，彷彿要叫人早點休息一下，一切放心，由他接班。

就在他左手伸出去之際，右手已暗地掏出一柄匕首，只要左手五指一旦扣住對方的肩骨，右手的匕首便會切入對方的咽喉裏！

正在此時，那人的身子，忽然一側。

他這一側，乃險到巔毫，冷呼兒的手指已觸及他的肩膊，正要發力，他才閃了開去！

那人這一閃，使冷呼兒推了個空，一時收力不住，身子往前一搶！

便在這時，井口裏，忽然冒出了一個人！

這人一揚手，黑暗裏就「開」了一朵白花！

這「花」正「開」向冷呼兒臉上！

冷呼兒當真是臨危不亂，一腳踢在井沿上，力道回蹬，整個人從前撲之勢遽變爲往後疾射！

那朵「白花」雖然「開」得極快，但依然追不及冷呼兒疾退的速度。

可是冷呼兒卻覺得背後響起了一道急風！

他等於是背向著那急風撞去！

冷呼兒心中一沉，但反應絲毫不緩，身子仍急遽後彈，同時半空一翻身，匕首迎向背後的兵器！

「乒」地一聲，星花四射。

匕首與一柄虎頭刀交擊一起。

冷呼兒人在半空，一連躲開兩記致命的攻擊，正欲大呼，突然之間，一物飛刺入他的口中！

那是一柄銀槍！

月光下，只見槍握在剛才那個站在井邊的人手中！

這人就像一個王孫公子，但神色冷峻——冷呼兒的意識只到這裏爲止，接下去，那柄槍尖已完全刺入他的喉嚨裏，而槍上的紅纓也塞住他的喉頭。

這人一擊得手，拔槍，就在冷呼兒鮮血迸射、人在半空中墜下的刹那，他一抬腿，把冷呼兒踢入了井裏！

原先伏在井裏的人卻已躍了出來。

這兩人並不是誰，正是在雷雨中跟劉獨峰決戰而敗退的赫連春水與張釣詩！

赫連春水道：「殺了一個。」

張釣詩道：「屬下把十一郎、十二郎、十三妹他們都喚來。」

赫連春水頷首。

張釣詩向黑暗的樹林子裏疾掠過去。

赫連春水向那名使虎頭刀的道：「顧惜朝、尤知味他們正脅持你家主人，我們這就先去營救，你和守在這裏的四人，小心把守要塞，如有可疑的人入村，立刻通知。」

那使虎頭刀的漢子本來是把守古井，幸得赫連春水調換埋伏，才不致著了暗算，反而殺了來人，對赫連春水欽服已極，當下便答：「是。」

這時，張釣詩又帶了一女二男，掠近赫連春水，五人互一抱拳，赫連春水道：「土狗和土牛呢？」

張釣詩答：「早已埋伏好了。」

赫連春水道：「好，這就幹去！」便向客店潛了過去。

這兩男一女，原也是赫連春水的手下，赫連春水本來就有實力，與劉獨峰一役，雖然損兵折將，但仍立刻能召集了數名高手，一起謀求營救息大娘等。

◇◇◇

那兵器相碰擊之聲，雖然並不甚響，但在客店裏的顧惜朝和尤知味還是聽到的。

那時尤知味已一口氣殺了三名高雞血的手下，正要把韋鴨毛也殺死之際，忽聽這一聲微響，便道：「冷將軍和人動上手了。」

僅這一句，便聽到有人噗通掉下水裏的微響。

顧惜朝道：「冷呼兒下手，還是不夠神不知、鬼不覺！」

尤知味笑道：「不過外面剩下幾個孤魂野鬼，冷二將軍還對付得來……就怕他日後要對付鮮于仇大將軍，這可不一定吃得下了。」

談得幾句，忽聽有人敲了幾下門扉。

尤知味，顧惜朝兩人臉色一齊變了變，因爲這門響並非預定的暗號，尤知味冷笑道：「總不成是這些孤魂野鬼倒摸上來了吧？」

顧惜朝道：「那也正好收拾他們入幽冥道。」走到戚少商和高雞血身上，兩隻手按住他們的「百會穴」，道：「大師去開門，一有異動，我就先殺了這兩個罪根禍首，看幾隻小鬼，能有什麼作爲！」

尤知味心裏嘀咕：我去開門，是要冒險，你來殺人，倒是舒服。不過也不想就這點跟他對沖，便道：「我倒要看看是什麼人在搞鬼？」便去開門。

顧惜朝在後面看見他走路的背影，心中不禁暗暗欽服，這人隨便幾步走去，不但前面全無破綻可攻，就連背後左右也無暇可襲，方悉這尤知味的武功，當真非同小可，自己有此強助，固然可喜，但若變成強敵，可要千萬小心才是，不禁暗自警惕起來。

四三　顧惜朝對顧惜朝

尤知味打開木門的時候，他的身體各個部份，都在全面備戰的狀況。

就算在一眨眼間，他可以至少發出二十七種致人於死的招式，讓攻擊他的人死上二十七次！

他以烹飪名聞天下，很少人知道他的武功如何，其實，他殺人就像砍骨切瓜一樣：只是切得比別人更優美更從容。

他把門打開。

他已作好一切防備。

可是他做夢都沒想到，在門口出現的會是誰！

顧惜朝！

顧惜朝怎麼會在門外？

顧惜朝怎會來敲門？

顧惜朝不是留在店裏嗎？

尤知味在一錯愕間，廿七道殺手均未發出，一記銀槍震起紅纓，已劈臉刺到！

尤知味在錯愕間反應依然極快，身子一幌，槍尖險險自頸旁擦過，纓穗也撲在頰邊！

就在這剎那間，在店內顧惜朝立足之處，蓬蓬兩聲巨響，塵土飛濺，兩隻手臂，已分別抓住顧惜朝雙腳。

顧惜朝乍見尤知味遇襲，又見自己的樣子在店門前一幌而過，心神一震，便在這時，下盤已被人扣著。

顧惜朝大喝一聲，全身拔起。

那土中兩人，雖然得手，但顧惜朝的內勁非同小可，沖天而起，那兩人也抓緊他的腳，被帶上半空！

顧惜朝雙手一沉，一刀一斧，已劈入兩人腦門之中，但顧惜朝亦覺雙腿一陣刺痛，那兩人十指如鋼錐，也抓入自己腳脛骨裏！

這瞬間的變化，雖然極速，但土中那兩人，一個叫做土牛，一個叫做土狗，俱是土遁法高手，投入赫連春水帳下，他們一旦拿住顧惜朝雙腳，原可廢之，不過顧惜朝更快一步，先把他們抽離土中，再格殺之，但他雙腳也受創不輕。

顧惜朝飛降而下，他第一個意志便是：速殺戚少商和高雞血！

他自知受創非輕，生恐夜長夢多，又讓戚少商逃脫，便生了立斃戚少商之意。

但就在他落下地來之際，有一男一女，遽然向他包抄過來。

顧惜朝正要全力應戰，那一男一女，忽然同時飛起一腳，把剛才那兩名伏擊者——土狗與土牛——的屍身踢飛！

顧惜朝的斧頭和小刀，仍嵌在土狗與土牛的腦殼裏，兩具屍身被踢開，顧惜朝一時也不及拔回武器。

那男的突攻了一刀。

女的也砍了一刀。

顧惜朝正欲招架，忽然發現，那兩刀並不是砍向自己，而是兩刀互擊。

「嗆」的一聲響，星花四濺，兩刀交擊，發出極之燦亮的星火，亮得令顧惜朝等一時睜不開眼來。

就在他閉目的剎那間，那雙刀交擊間炸出數十枚細如牛芒的金針銀針，射向顧惜朝。

顧惜朝雙袖一捲一遮，把細針全收入袖裏。

那一男一女忽然滾身欺入，雙刀如雪，飛斫顧惜朝雙足。

顧惜朝腳下本已受傷；這一輪急攻，把他攻退了十七、八步，那對男女刀法雖然勁急詭奇，但要殺傷顧惜朝，仍然力有未逮，突然收刀疾退，護守住戚少商、高雞血、韋鴨毛、息大娘這一干無力抵抗的人。

顧惜朝喘得過一口氣，正待還擊，忽瞥見大門口一人濺血而倒，一人搖晃不已。

原來赫連春水一槍不中，尤知味已一手刁住槍桿，揉身急上，追打急拿赫連春水身上七十二要穴！

赫連春水單手托槍，用一隻右手與之對抗，一拆四十一招，兩人既未進得一步，也未後退半步。

兩人正打出真火來，那「顧惜朝」突又出現！

尤知味眼觀六路，耳聽八方，知道顧惜朝仍在屋裏應敵，才不再上當，雙手仍步步進迫，招招封殺，雙腳卻疾踢了出去：玉環鴛鴦步、麒麟十八踢、譚腿連環蹴、七煞絕命蹬、虎尾腳、急踢背後那個「顧惜朝」。

「顧惜朝」在後，赫連春水在前，尤知味雙手攻扣赫連春水，雙腳急踢「顧惜朝」，出招淩厲，無暇可擊，以一敵二，絲毫不亂。

這「顧惜朝」原來便是十一郎。

那雙刀佈下奇陣聯手攻殺顧惜朝的，是十二郎和十三妹。

這三人原本是苗疆子弟，擅易容術和奇招幻陣，很有制敵之效；赫連春水少有大志，麾下連雞鳴狗盜之士，無不收容，有意效仿戰國四公子之遺風。十一郎一上來，即易容成「顧惜朝」模樣，乍然亮相，令尤知味大吃一驚，因而措手不及。

要知道天下間再精明的「易容術」，也只不過能使臉容、年歲、身段略有些改變，但是斷不可能經過長期相處之後，連親人都認不出來，先前顧惜朝和冷呼兒故意把自己化裝得殘缺醜陋，使人不想多看一眼，加上尤知味的掩護，眾人才未發覺，十一郎以彼道還彼身，化裝成顧惜朝的樣子，乍然閃出，的確是嚇了尤知味一跳，若要再期欺瞞，則絕不可能。

尤知味連踢數腳，逼退十一郎，雙手一擊，已奪下赫連春水手上的銀槍，但忽覺腦門一暈，渾身不著力，內力無法聚合，倒有些似自己也喝了「滋味粥」的感覺，心知不妙，大喝一聲，心下一横，連擊數掌。

赫連春水接了他一掌，覺得對方掌力甚勁，知道已中了自己的「迷魂香」，但內息依然如此之強，心中暗驚。又接得一掌，頓覺對方掌力已弱。再接一掌，已大佔上風。第四掌拍來之時，赫連春水雙掌一挫，立意要把尤知味震傷，不料尤知味這一掌卻不聚力，反而隨這一震之力，飛出門外！

尤知味的目的便是藉力逃脫！

他知道自己再不全力逃遁，所中的迷藥一旦完全發作，就跟戚少商、高雞血的情形等沒什麼兩樣！

尤知味的反應不可謂不快，他是一知情況不妙，立即急退，但他雖然退得快，運道卻不怎麼好！

一朵「花」正向他迎面開到！

他把銀槍一橫，震住「刀花」，紅纓又是一盪，尤知味只覺鼻端聞得一陣香味，登時省悟，原來迷藥就下在槍尖的紅纓裏！

尤知味怒叱一聲，銀槍飛射，把張釣詩貫胸釘在地上，但背後遽響起一道急風！

尤知味急速回身，然而神志已難以清醒，雙手架住一拳，那「砰」地一腳，正踢在他的胸口，格勒勒一陣至少碎了三根肋骨，赫連春水的另一隻手，已封住了他身上七處穴道。

這刹那的景象是：

尤知味受制。

張釣詩死。

十二郎與十三妹，正橫刀護守戚少商等。

赫連春水與十一郎，亦正向顧惜朝望來。

顧惜朝馬上作了一個決定：

逃！

顧惜朝當然認得赫連春水！

他曾經拜會過赫連春水的父親，但知道赫連春水決不會因這點淵源而有所容情——相反的，赫連春水會殺他滅口，以免顧惜朝奏上朝廷，致有滅族之禍。

顧惜朝自然明白這點。

尤知味已遭擒，看來，剛才出去的冷呼兒情況也不會好到那裏去。

這兒除赫連春水之外，還有三名高手，自己卻負傷在身，一對腳又流血不止。

顧惜朝於是立刻就逃！

◇◇◇

「殺死他！」息大娘叫道。

——讓顧惜朝逃走，會連累赫連春水一家的！

「別放過他！」高雞血也大呼。他恨絕顧惜朝和尤知味殺死禹全盛幾位弟兄。

赫連春水卻知道當前之急，不是此事。

而且他心知傳宗書正與自己父親密謀大計，斷不會因自己的行動而貿然去消滅強助，破壞兩股勢力的合作團結。

況且，他並沒有把握能夠抓住顧惜朝。

他現在更重要的是，如何救走息大娘這一夥人。

所以他用兩隻手指壓住尤知味的眼蓋，尤知味的眼珠在眼皮下不住顫動，冷汗涔涔而下。駭然呼道：「別，別殺我！」

赫連春水嘆道：「我本來也不想殺你……聽說你燒的菜，嚐過一次之後，剁掉舌頭也無憾，我很想有這個口福。」

尤知味道：「你要吃什麼，我去燒……」

赫連春水道：「可是，我又怕你對待我，就像對待他們一樣，下了些血鹽什麼的，——」說時手指微微用力。

尤知味只覺眼球有一陣刺心的疼痛，忙不迭地道：「我不會的，不敢的，我……」只覺眼皮上的壓力越來越大，刺痛越來越甚，忙道：「我去解他們的毒……我是誠心的，你不要殺我！」

赫連春水指尖上的勁道略爲一收，冷冷地道：「如何解法？」

尤知味知道這些人的解藥乃是自己的「救命符」，便期期艾艾地道：「這些藥嘛，配製有些麻煩……」

赫連春水打斷道：「我知道會有些麻煩，但我只要乾淨俐落快捷神速見效的藥方！」說著，一隻手已按在尤知味的「百會穴」上！

尤知味的身子雖然簌簌地發著抖，但這生死關頭，他是抓著「活命本錢」死不放手的：「這……這藥方沒有現成的，一定要另外配製……我亂給你解藥，那也無用啊。」

赫連春水忽然笑了。

尤知味只聽得毛骨悚然。

韋鴨毛恨他殺死禹全盛，嘶聲道：「赫連小妖，把他殺了算了，我們——」

赫連春水笑聲陡止，在尤知味眼前搖了搖手，道：「看到這手沒有？」

尤知味知道眼前這人決不好惹，但肉在砧上，只好道：「公子，您，這……」

赫連春水道：「我也沒別的意思，只是，我要你看看，這是我的手，不然，待會兒你便什麼都看不到了，千萬別忘了，挖掉你眼珠是那一隻手，是他對不住你。」

尤知味眼皮子不住跳動，但仍然堅持道：「顧惜朝逃走了……他很快便會叫大隊過來。」

赫連春水笑道：「你這樣說，是什麼意思，是要威脅我不成？」

尤知味忙不迭地道：「公子，小人那裏敢，有天大的膽子也不敢，只是……小的只是想，公子如果殺掉小人，那麼這三、四十位英雄好漢沒有解藥，撤走似乎有些個不便……」

赫連春水一拍大腿，「啊」了一聲，一副恍然大悟的樣子。隨後用手拍拍尤知味的肩膊，道：「我明白了，原來你真的是在威脅我。」

尤知味一味地道：「小人不敢，小人不敢。」

赫連春水笑道：「你膽子大得很，你當然敢。」

尤知味惶然道：「小的說的是實情。」

「我也有個實情要說予你聽；」赫連春水好整以暇地道：「你知道我為什麼要放走顧惜朝？」

尤知味連忙搖首。

「我放走他，是因為他根本走不了。」赫連春水道：「你知道我素來喜歡交朋友，是不是？」

尤知味看著他那不懷好意的笑容，心更沉到了底：「公子義薄雲天，仁義滿天下，各路英雄好漢，江湖豪傑，自都來為公子效命。」

「你很會說話啊，」赫連春水笑道：「那你想必知道我養士若干了？」

尤知味更懼：「公子威儀服眾，麾下沒有一萬，也有八千。」

赫連春水微微一笑，「一萬？八千？你倒誇大了，跟我一起的朋友，湊合起來，勉強算個一千來位，這次，我只帶了一半來，你看，顧惜朝顧公子，和他的部隊，是否可以敵得過呢？」

尤知味一聽，更知大勢已去，神色慘然，「公子部下個個神勇過人，顧惜朝那干烏合之眾，如何能敵！」

赫連春水笑著說：「這便是了，既然顧惜朝他們逃不出去，又有誰會知道戚寨主等住在此？我又何必忙著要逃？再過一兩個時辰，迷藥力不持久，自然消散，我們再撤走未遲，只是，到那時候——」

他用手掌拍拍尤知味微禿的額頂，嘖嘖有聲地道：「到那時候，可憐一代名廚，已變作了一灘濃血了！」

尤知味又嚇得簌簌發顫。

赫連春水忽正色道：「所以，解藥你閣下高興給，就給，不高興給，也由你，威脅不到我的！」

尤知味臉無人色地道：「我給，但是——」他現在只求赫連春水能因他給解藥而答允饒他不殺，只怕要高興得叫爹喊娘了。

赫連春水倏然臉色一變，雙指往尤知味眼睛插落！

尤知味嚇得魂不附體，忙把雙目一閉，赫連春水指到半途，突然一轉，挾住尤知味的左耳一擰，竟鮮血淋漓的撕下了尤知味一隻耳朵！

四四　垂簾裏蒼白的手

赫連春水擰著他的耳朵，只笑道：「怎樣？滋味好受吧？」尤知味痛得只是慘叫，偏連舉手捂耳都乏力。

赫連春水道：「就算我不動手殺你，任你流血，你的血也不見得流個一天半天流不盡吧？」

尤知味早已嚇得魂飛魄散，現在又痛得椎心刺骨，那裏還敢討價還價，忍痛道：「解藥……就在我襟裏。」

赫連春水一揚眉，道：「這可是你自己招供的，我沒答應你什麼。」他一手還挾著血淋淋的人耳，長相卻尊貴溫文，有一種溫玉似的氣質，白裏透紅的膚色，相映成一幅詭異已極的圖畫。

十二郎過去，果在尤知味衣衫裏掏了七八瓶藥粉。

尤知味道：「把綠色的藥末滲和白色的，服食一捺藥粉便行……求求你，先替我止血好不好……？」

赫連春水笑道：「這也無不可，不過，你先服下一劑再說。」他是防尤知味索性同歸於盡，胡亂湊合了一種毒藥，害大家一起送命。

十二郎馬上會意，捏著尤知味的鼻子，把一小撮藥末往他喉裏倒，尤知味英雄一世，就算在他未諳武功之前，烹飪術已是名冠天下，誰敢對他不敬？日後他仗賴這一門絕活，使得武功高強之士，爲了大快朵頤，不惜以一門半門絕藝換他下廚一餐。尤知味武功漸高，名氣也更大，能請得動他的人也越有面子，而他學的武功，也愈漸精深，普通的武林人物，武功上已決非他的手腳，又那裏請得動他？今日他遭到這般折磨，也算平生首遇，當下又驚又痛，變得徬徨無計，膽氣全消。

赫連春水見尤知味服後，也沒什麼異象，便疾封了尤知味近耳的血脈，不讓他失血過多而歿，一面示意十一郎、十二郎和十三妹去給群俠服食解藥。

解藥一服，功力較深厚的高雞血與韋鴨毛，很快便幾近完全復原。

戚少商和息紅淚因爲逃亡歲月裏負傷太重，元氣大傷，一時還未恢復。

高雞血戟指尤知味，向赫連春水道：「這種敗類，饒他不得！」

赫連春水道：「我本就沒打算饒他。」

尤知味哀聲道：「諸位大俠，念在大家同在江湖道上，就饒了我一條狗命吧！」

高雞血冷笑道：「剛才又不見得你饒了小弟我的雞命！」

尤知味大聲道：「殺了我，對你們可沒什麼好處！」

赫連春水道：「不殺你，對我們也沒什麼好處。」

尤知味趕忙道：「你們這一路上，難免還是要飲食充飢的，你們殺了我，全天下管膳食烹飪的廚師都會跟你們過不去，防不勝防；留著我，不管吃的喝的，我用不著舌頭去舔都可以分辨得出來，又何苦一定要殺我？」

赫連春水笑道：「哦，我倒忘了你是天下廚子之王，殺了你，等於是跟自己的腸胃作對……可是如果不殺你，我又實在信你不過。」

尤知味幾乎要哭出來了：「你一定要相信我……我已經受你們所制，我又能作些什麼呢……」

赫連春水道：「哦？要是一個不小心，讓你給逃脫了呢？那我們豈不是十分危險？」說著，把手輕輕按在他的「百會穴」上，只要一發力，立即便可要了尤知味的命。

尤知味給赫連春水弄得求生不得，求死不能。忽聽息大娘道：「先不殺他。」

尤知味大喜過望，赫連春水轉向息大娘，息大娘道：「這人還有用處。」

赫連春水道：「好！」忽然一掌拍了下去！

尤知味見息大娘挺身阻止赫連春水殺害自己，以爲今番有救，不料猝然之間，赫連春水便施殺手，「轟」地一聲，眼前一黑，便撲地而倒，不省人事。

赫連春水道：「這一掌，至少要他躺上一天一夜，睜不開眼來。這廝十分狡詐，須得小心提防。」

息大娘幽幽一嘆，道：「公子，我沒想到，這件事，你會……」

赫連春水哈哈一笑，道：「大娘一直以爲我這個小妖怪是無信無義之徒，是不是？」

息大娘忽正色道：「其實，你並沒有帶那麼多兵馬來的，對不對？」

赫連春水也正色道：「我來助妳，家嚴本就不許，我只偷偷帶了二十人出來，現在剩下不到一半，實力絕對無法與他們相持，所以此地守不得，一定要撤退。」

赫連春水領「花間三傑」、六名快刀手，巨人羅盤古、土狗、土牛、十一郎、十二郎、十三妹、虎頭刀龔翠環、四大家僕等二十人赴解毀諾城之危，但在阻攔劉獨峰逮捕息大娘之際，犧牲慘重，加上擊潰顧惜朝擒下尤知味一役，赫連春水手邊只剩下十一郎、十二郎、十二妹、龔翠環及四大家僕八人而已。

這樣的實力，自然阻擋不住黃金鱗等的大隊軍馬。

息大娘道：「既然如此，我們即刻離開。」

韋鴨毛已爲部下一一解去藥力，高雞血道：「樓上還有人，我去處理。」

戚少商道：「鐵二爺在上面，我去看看；沒有他仗義相助，我們恐怕早已橫屍多時，他遭人逼害，都因爲救我們所致。」

赫連春水詫問：「鐵二爺？他是……？」

話未說完，忽聽三長二短的信號，宛似狼嘷犬鳴，但仔細聽去，卻像怪獸夜哭，十分尖森刺耳。

赫連春水眉頭一皺。

高雞血道：「怎樣——？」忽然住口不語，只聽一陣悶響，像有人在泥濘底層擊響棺槨，很是瘖啞難聽。

這時，又是二長三短的嘶鳴，比前聲要急促多。

摻雜著悶響之聲，特別令人感覺幽森悚骨。

這次輪到戚少商問道：「發生了什麼事？」

赫連春水沉著臉色道：「來得好快！」

高雞血更是神色凝重：「點子扎手得很！」

這時際，暗號此起彼落，更加尖銳急促。

赫連春水道：「來人不多，但決不易與，已攻破了咱們兩道防線！」

高雞血倏然變色道：「不好，對方已攻近來了。」

韋鴨毛長身道：「咱們要退還是要戰？」

高雞血道：「來不及選擇了。」

赫連春水在這兩人對話間，已打開了店門，長吸一口氣，大步踱了出去。

明月映空。

長街微霜。

一頂轎子，赫然在長街口，巨大的木輪正轆轆的向前轉動，緩緩移近。

轎簾深垂。

轎前轎後，隱約有幾名衣白如雪的人影。在深夜裏的月色中，這頂轎子，有一種說不出的詭異和殺氣。

赫連春水橫槍當胸，就算他知道來人好快，他也斷未料到對方看來似是兵不刃血的就能來到了這裏。

他橫槍而立，有一股萬夫莫敵睥睨群雄的氣態，卻因這冷森的殺氣而震盪。

就在這時，他忽然感覺到自己的煞氣陡增！

因爲戚少商已立在他身邊。

他馬上覺得一股激盪的氣勢，使得他衣袂皆奮揚起來！

戚少商出來，朱紅色的寶劍「留情」，正遙指轎車。

「你逼我入死路，我要你先死！」

那轎子忽然停了。

完全靜了下來。

靜得連路邊林中一隻夜鳥子眨眼的聲音都隱約可聞。

戚少商忽然感覺到這寂靜裏，有一種前所未有的壓迫感。

只聽轎子裏一個有氣無力的聲音道：「是你嗎？」

赫連春水把槍一舞，虎地一響，彷彿要藉槍風的威力來破除這刀鋒般悽寂的殺氣。

赫連春水大聲叱道：「還有我！」

轎裏完全沒有反應。

靜寂了半晌，轎簾略爲動了一動，赫連春水執槍的手不由得緊了緊。

轎裏又傳出了那無力但清晰可聞的語音：「我只要拿犯人，旁人不相干。」

高雞血也站出來，揚聲道：「沒有誰相干，誰不相干，我們都是站在同一道上的人！」

轎裏的人輕輕咳了一聲，又一聲，然後靜了靜，似乎等呼吸平靜下來，才道：「哦，原來你們千方百計，攔阻我進去，便是爲了要維護他！」

赫連春水怒道：「廢話！」

那轎中人便不說話。

木輪又開始軋軋轉動。

轎子再度向店子逼近。

赫連春水壓低聲音向戚少商道：「劉獨峰既已追來，看來決無善了，戰鬥一起，你立即帶息大娘走！」

戚少商怔了一怔，忍不住道：「我已經臨陣逃過一次了，你不怪我？」

赫連春水沒料戚少商這般說，也是一怔，才道：「我不是在救你，也不會救你，我是要救大娘，因爲大娘才救你，所以你的責任就是帶大娘逃出生天，我的任務就是讓你和大娘逃生，別的事我不管！」

戚少商道：「很好！」

赫連春水道：「怎麼很好？」

戚少商道：「這一次，劉獨峰不會放過我的，我不能被他逮著的，一旦逮住，必定自殺，大娘就要煩你照顧了。」

赫連春水脹紅了臉，道：「胡說！」

戚少商雙眼望定著他，一字一句的道：「大娘跟你，我很放心。」

赫連春水忽然感到他眼中的善意與信任，心裏一陣無由的感動，這時，轎子已逼近眾人，赫連春水猛抬頭，向戚少商道：「一動手，馬上走！」

戚少商用力地點頭。

除非自己再度落在顧惜朝這些人的手上，他就不惜身死，不然，他一定要活著，並且要跟息大娘活在一起的。

高雞血這時厲聲道：「止！」

轎子仍緩緩前進。

高雞血雙袖如吃飽了風的帆布，鼓盪不已。

赫連春水的銀槍忽然一沉，砰地拍打在地上！

陡地，四條人影，自四個不同的角度，疾射向轎子！

這四人身形極快，到了半途，驟然改變：四人本來從東南西北四面斜射向轎子，但此際東首那人，身形在半空強自一頓，高拔而起，以泰山壓頂之勢，由上而下，直降入轎頂！

南首那人，半空中身形如游魚般一擰，變成横撞向轎側；西首那人，身形疾沉，急降而下，滚入車底；北面那人，身形翻躍，已繞至轎後，這刹那間，四人的兵器，同時出手！

這四件兵器，俱十分奇特，剛拔出來時，只是一件黑黝黝的短兵器，但只不過在霎眼之間，他們人在半空，雙手疾動，已把這樣一件短兵器拆合接駁成一支長兵器，四個人，四件長兵器，帶著鋒銳割耳的尖嘯，一齊刺入轎子裏！

赫連春水一槍擊在地上，便是下令這四人出手攻襲的暗號。

他覺得十分滿意，這「四大家僕」並非他所養之士，而是爲赫連家族世代盡忠的僕役，赫連樂吾父子待他們如一家人，「四大家僕」對赫連家，自然也鞠躬盡瘁，死而後已。

這四大高手分四個角度，用四種不同的兵器、手法，足可在刹那間裏把這頂轎子粉碎！

赫連春水的銀槍遙遙對準轎簾。

只要轎裏的人爲了躲避這淩厲的攻勢而掠出轎子，他的銀槍便立即發出雷霆一擊！

對付像劉獨峰這樣的高手，決不能容允他有片刻喘息的餘地。

可是接下來的變化，不但令赫連春水意想不到，就連曾與劉獨峰數次交手的戚少商，也始料未及。

簾子略爲掀了一掀。

一隻蒼白的手指，像分花拂柳般露了一露，立即又縮了回去。

一道細長的白光，疾地打在持巨鉗僕人的鉗柄上！

這僕人痛哼半聲，巨鉗脫手飛出，白光一折，反彈飛射，擊中他的左脅，他身形一跌，斜仆出去！

巨鉗恰好撞在另一僕人的巨斧上，「噹」地星花四濺，那僕人的一斧，自然也失去了威力。

原來那僕人跌撞向另一僕人的巨剪下！

這僕人立即收招，扶住同伴。

兩人一個踉蹌，剛好封住第四名僕人巨銼的攻勢，那僕人只好把巨銼一收，躍開戒備。

第一名僕人這才發現，嵌在自己腰間大橫穴上，是一枚制錢。

這一枚銅錢，嵌在他的穴道上，卻並沒有割傷他的肌理，但它發揮的效用，無疑把四大家僕四人聯手的一擊，一盡化解。

但卻未傷一人。

四五　魔轎

「四大家僕」一擊失敗，四人互望一眼，身形交錯，手中兵器，舞得虎虎生風，四人合力的第二擊，又要發出！

只聽轎內傳來一聲嘆息。

「我只是要捉拿犯人，你們這又何苦呢？」

赫連春水突然大喝一聲：「停！」

他已看出剛才轎中人若要殺死「四大家僕」，只不過是舉手之勞而已。

「四大家僕」身形一頓，他的身子，突然變成一道尖嘯！

人是人，不可能會變成聲音。

赫連春水驟然化爲一道尖銳的風聲，是因爲他與手上的槍，已合而爲一了。

就像一個巨弩的強力，發出銳無可擋的一矢，赫連春水蓄勢已久的一槍，已直刺了出去！

他的人，已成爲槍的一部分！

他渾身的鋒芒，聚成這殺氣無匹的一槍，不但要刺穿轎子和轎內的人，彷彿連轎後的那一脈山丘，也要破山腹而出！

這一槍之力未發時，已使得站在他身邊的戚少商等人，衣袂間帶起一股扯力、頭髮而往後鬢直貼！

槍未到，轎簾已被疾風盪揚！

而赫連春水這一槍的目的，並不是要立斃劉獨峰。

他只是要把劉獨峰逼出來！

◇◇◇

轎簾被激風捲開。

轎裏黑黝黝的，有一個人，著白色長衫，坐在那裏，還未看清楚面目，那人手已一揚。

手蒼白。

蒼白的手。

手指更白。

手指擰著雪亮的刀。

刀更白！

比雪還白。

刀鋒亮。

刀光更亮。

刀光燦眩了赫連春水的眼睛！

刀尖刹那間已到了赫連春水的雙目之間。

赫連春水長嘯一聲，已不顧傷人，直射的身軀，長空沖起！

刀擲空。

赫連春水居高臨下，槍勢改由自上往下直戳！

但刀擊空，竟然也是半空一折，倒射赫連春水小腹！

大凡武林高手的全力一擊，居然可以半空換氣，易勢再襲，那已經極難做到，赫連春水這一擊之氣勢淋漓，但給飛刀所挫，第二次再襲，飛刀又至，他大喝一聲，半空三個翻身，落在丈外，一口元氣無處渲洩，槍尖一撒，哧地刺入道旁一顆大石裏！

那大石當中吃這一槍，竟喀喇一聲，四分五裂，赫連春水只覺真氣逆走，五臟有說不出的難受，張口欲嘔出一口鮮血，但生性倔強，硬生生地又把一口熱血吞下，一時只覺天旋地轉，不料那一刀似有人駕馭驅使，二次刺空，竟又靜悄悄地折射而至！

待赫連春水發現時，已不及閃躲！

「錚」的一響。

白衣一閃。

戚少商落在赫連春水身前。

他斷臂，仗劍，擊落飛刀。

他的人就攔在赫連春水的銀槍前。

兩個人，一劍一槍，四隻眼睛，盯著那一頂轎子。

轎簾又已掩上。

轎在月光下。

這一頂鬼轎子。

◇◇◇

戚少商出道以來，攻下過不少難以攻克的天險難關，攻破了數不清的陣勢軍容，但這樣一頂轎子，卻似固若金湯的雷池，莫測高深的堡壘，完全無瑕可襲，無處可攻！

這時候，忽聽呼、呼兩聲。

這兩聲就像是一個巨人，在運用他的天生膂力，揮舞兩根巨杵的聲響。

然而卻只是頭髮斑白，舉止老邁的韋鴨毛，在揮動他那一雙袖子。

他那一雙袖子像吃飽了風的帆布，他一面揮動著袖子，一面向轎子大步行去。

接著，又是虎、虎幾聲，這風聲驟加凌厲，好像揮舞的已不是巨杵，而是兩棵大樹。

韋鴨毛步子更疾。

他全身被袖子遮個風雨不透。

就像頭髮到腳趾，全讓渾厚的袖風所遮掩。

韋鴨毛走得更快。

他的步子越密，雙袖的急風更勁。

這時他離轎子不到七尺，袖風已成了恐、恐的聲音，像兩面大鼓，在互相碰擊著。

而韋鴨毛全身也膨脹了起來。

他遍體都佈滿了真氣，一個本來枯乾瘦小的老頭，變得像高雞血一樣的胖。

然而高雞血卻知道，他這個江湖上從未背叛過他的老拍檔，已使出他的看家本領「乾元大周天小陽神功」，以六十年來苦修的純陽元功，使得轎中人的暗器無法破這渾實淋漓的元氣而入。

他要一氣摧毀這頂魔轎！

◇◇◇

韋鴨毛已逼近轎子。

還有五步。

韋鴨毛準備以先天炁氣之「乾元大周天小陽神功」，把轎子震個粉碎。

還有四步。

轎子裏的人似乎想不出什麼法兒來制住這一股勢莫能禦的內家真氣。

若硬闖出來，勢必要和韋鴨毛硬拚。

韋鴨毛武功不雜！內力卻純，這一身內氣之盛，決不在鐵手之下，縱橫江湖，能夠與他「乾元小陽神功」相持的人，確也不能算多！

就在這時，簾子一掀！

一隻白玉般的手指，向下指了一指。

疾的一聲。

手指又很快的收入簾內。

高雞血突然尖叫一聲：「小心！」

他的人胖，聲音卻尖。

他叫的時候，整個人掠起，他的人胖得像一粒球，肚子又圓又突，當他掠起時，就像一粒柿子，遽然飛上了天。

可是沒有人能形容他的速度。

就像赫連春水那一槍，比之尚且還有不如。

韋鴨毛一楞。

他見簾中伸出了手，以爲要向他攻擊，正全力以赴，凝神以待，不料手指又縮了回去。

便在其時，突覺腳心一痛。

這一痛非同小可，他立時感覺到一口細針，正自腳心直沖上內庭穴，轉入崑崙穴位，破跗陽而上，一刹間已過三道要穴！

韋鴨毛只覺劇痛難當，「乾元大周天小陽神功」一散又聚，強自壓下，要逼住那一口尖針上攢！

這時候，簾子一掀，那隻手又伸了出來。

雪白的手。

修長的手指。

令人驚心動魄的手！

◇◇◇

這隻手雙指一揮，疾地又射出一物。

那物細小，速度又快，以致讓在場的高手都無法看得清楚那是什麼。

但這隻手以一柄飛刀破去赫連春水的「殘山剩水奪命槍」，以一枚制錢使得四大家僕狼狽不堪，就算是他彈出來的是一條頭髮，也足以令在場的數大高手心驚膽戰。

那事物疾射向韋鴨毛心口！

韋鴨毛的「乾元大周天小陽神功」已轉入右足，逼住細針隨血循環攻上，已無法抵禦那一道暗器。

暗器來得何等之快，就算戚少商等要救，但也來不及了。

可是高雞血卻在危機剛起已然發動。

他的身形何等之快！

他的身形甫動，已到了韋鴨毛身邊，再看時，他的人已到了天邊，手裏還揪住韋鴨毛。

那事物「嘯」地打空，竟又「嗖」地回射入轎中簾裏。

這是什麼鬼暗器？

◇◇◇

高雞血拖走韋鴨毛，尖聲道：「鬼手神叟『地心奪命針』！」他說時額上已滲出了汗。

縱然他在尤知味挾持之下，臨死不懼，但此際卻因關心身邊的老拍檔，而汗如雨下。

韋鴨毛用真氣強逼住細針運行，痛哼出聲，卻不停的猛搖頭：「不……是……這針……無毒……」

眾人這才明白，剛才那轎中人向下一揚手，乃是射出一枚細針，刺入地面，穿入地下，再鑽刺入韋鴨毛腳心裏，這發射暗器的手勁、本領，真是巧到巔毫，令人嘆爲觀止。

武林中能以地底穿針，殺人於百步之外的，便是擅施「地心奪命針」的鬼手神叟海托山，但鬼手神叟的針是淬毒的，見血封喉，無藥可醫，高雞血聽聞韋鴨毛所中之針並無淬毒，心中一寬，但驚慄之意，因不知來者何人，只有更甚。

他寬心的是韋鴨毛內力高深，普通細針雖潛入體內，但斷不致死，驚的是來人若是鬼手神叟尚好，因海托山的暗器、偷盜、掌法俱有盛名，但內功、下盤卻是弱點，如今若不是海托山，換作劍法精湛，內功奇強的劉獨峰，這一戰便劫數難逃。

只聽轎中人冷冷地道：「他死不了。」

高雞血長吸一口氣，道：「好暗器！」

轎中人道：「我的暗器從來不淬毒。」

高雞血再吸一口氣，道：「可惜。」

轎中人道：「可惜什麼？」

高雞血道：「身手這般好，卻當昏君奸臣的狗奴才！」

轎中人沉默了半晌，居然沒有生氣，只淡淡地道：「我要抓的人，傷天害理，十惡不赦，是該抓的，這事情跟你們無關！」

高雞血怒笑道：「欲加之罪，何患無辭！」

轎中人也冷笑道：「爲虎作倀，見惡不除，看來武林中人言『雞血鴨毛，手狠心慈』，也不過如此！」

高雞血忽然一陣尖笑，半晌才道：「你這見不得光的東西，滾出來吧——」

突然間，叮的一響。

原來在高雞血與轎中人對話的時候，息大娘已無聲無息的自後潛近轎子。

高雞血的尖笑，正掩飾了息大娘本就如片葉落地的步履。

息大娘見已貼近轎子，遽然出劍。

劍尖刺入轎內。

「蓬」地一聲，一條白影，自轎頂躍出。

高雞血早已蓄勢以待，一髮千鈞！

他尖嘯。

嘯聲一起，人已到。

沒有人能想像一個這麼肥胖臃腫痴胖的人，身法會快到如此不可思議。

在輕功裏，「快」並不是最難達到的。

在身輕如燕、一瀉千里的急掠中，還能保持殺力和聲勢，這才是極難並存的。

高雞血在白影一閃的剎那，已到了白影之後。

他的七道殺手同時攻了出去。

但是，突然之間，他眼前的人不見了。

背後卻一涼。

敵人已到了他背後。

轎中人的輕功，比他還要可怕十倍，高雞血完全不能想像，那人要躲開息大娘無聲無息的一劍，正沖身而起，乍遇自己暗襲，卻怎能於一閃身間已到了自己背後？

白衣人到了高雞血的背後，高雞血等於把背上的空門賣給了對方。

白衣人有沒有出手？

高雞血不知道。

他突然感覺到劍風。

白衣人也驚覺到劍風。

劍風來自他的背後。

「九現神龍」戚少商已然出劍。

劍刺白衣人背後。

◇◇◇

白衣人突然滴溜溜一轉，身子疾往下沉，人已落回轎中。

戚少商那一劍，變得刺向高雞血的背心！

戚少商一驚，高雞血霍然回身，回手一拍，已挾住長劍。

兩人疾落了下來。

下面的轎子。

轎子並不可怕。

但轎子裏的人，隨時都會發出令人防不勝防的暗器。

戚少商那一劍，蓄勢已久，自是非同小可；高雞血那回身一拍，也是畢生武功精華所在，叫做「萬佛一印」。這兩下擊空，兩人力道對消，身形落下，正好讓轎中人有機可趁！

赫連春水大喝一聲，一躍而起，人在半空，一槍橫掃，以槍桿把戚、高二人身子橫撥了出去。

這時候，息大娘見一劍不中，拔劍欲退。

劍剛拔出，白衣人已落回轎中。

原先抽劍的那個劍孔，遽然射出細如針眼般十七八顆五色珠子！

息大娘一時躲避不及，突然，勁風撲至，韋鴨毛攔在她身前，雙袖一陣急揮，把彩珠盡皆掇落，一面護息大娘急退。

原來韋鴨毛內力渾厚，在這片刻裏已逼出腳底細針，救拯息大娘。

這鶻起兔落的幾個照面間，轎中人始終未正式露面，單以駭人聽聞的暗器和超凡脫俗的輕功，已力挫戚少商、高雞血、韋鴨毛、息大娘、赫連春水五大高手的三次合攻！

轎子依然是轎子。

五人相顧失色，退了開去。

「你……」戚少商雙目發出逼人的銳氣：「你不是劉獨峰！」

「你是誰？」

轎子的人淡淡地道：「我不是劉獨峰，但一樣是來抓人的。」

這同時間，五人一齊發出一聲斷喝！

不管來人是誰，都是來抓人的！

他們已沒有別的路！

只有殺死來人，趁顧惜朝等大軍未調回前，殺出一條血路！

他們五人一齊衝了過去。

銀槍。紅色的劍。激盪的袖風。無聲的短劍。胖身以佛掌搶進。

他們立意要集五人之力，把這頂魔轎一舉摧毀。

有誰能抵擋得住這五大高手全力的合擊？

四六 綠劍紅芒白衣人

「呼」地一條白影，飛上了安順棧的樓閣。

白衣人剛飄起，五人的攻勢便攻不出去。

因爲這時候對轎子發出攻擊，很容易便爲敵人居高臨下所乘。

這五人都是應變奇速的武林好手，當然知道何時要攻，何時要守。

那人一手抓住欄杆，在月光下，被樓欄遮著，面目看不甚清楚，只聽他道：「如果我有意下毒手，你們還可以五人聯手麼？」

息大娘忽然「呀」了一聲，她發現自己髮髻上不知何時，嵌了一顆綠色晶瑩的珠子，她現在才擷落下來。

戚少商也變了臉色。

他發現一枚金色小巧袖箭，正串在他袖口邊上。

高雞血也脹紅了臉，他的長袍下襬，齊齊整整釘了四口白骨喪門針。

這幾枚暗器，敢情都是在剛才戚少商與高雞血半空落下時，息大娘拔劍未及後躍之際，轎中白衣人所發出的，但都留了手，並未殺傷他們。

他們五人合擊，白衣人便無法在轎中應付，但若白衣人一早下了殺手，他們又豈能五人聯手？

這五人都是絕頂聰明的武林好手，這種情狀他們當然瞭解。

轎中白衣人無傷他們之意，這點也是至為明顯的事，一時間，五人都面面相覷，要攻擊下去，還是不攻擊？

要束手就擒，還是抵抗到底？

這人武功那麼高，到底是誰？

◇◇◇

不論是誰，戚少商、息紅淚、高雞血、韋鴨毛、赫連春水已無法阻止這一場劇鬥。

因爲那一列對著街心的樓房，突然全被震開，高雞血和韋鴨毛預先安排好的一組伏兵，蜂擁而出。

一下子，欄杆斷裂，攻擊全向白衣人發動。

這十幾人的攻擊全落了空。

白衣人一上屋頂，身法十分俐落，但戚少商「噫」了一聲，他已經發現，這白衣人翻騰之術，全仗一口真氣運轉和雙手之力，而這人的一雙腿子，軟盪盪的渾不著力，竟似廢了一般！

戚少商驚覺的同時，高雞血已失聲道：「難道是他！」

赫連春水也變色道：「是他！」

這時，白衣人已到了屋頂上，任何人都不能想像得到一個殘廢的人，身手能夠如此敏捷。

只是他一到了屋頂，屋頂上又冒出十幾名大漢。

這些大漢如狼似虎，攻向白衣人。

白衣人突然說話了：「你們再苦苦相逼，我可要開殺戒了。」

高雞血和韋鴨毛一高一胖兩條身影，已掠上了屋瓦，攔在白衣人身前。

他們已知道來人是誰。

他們不想讓手下白白送死。

高雞血和韋鴨毛掠上屋頂，戚少商和息大娘再也沒有選擇。

他們也飛身上屋頂。

因爲他們知道這個人不出手則已，一旦出手，恐怕當今武林中，能在他手下暗器活回來的人當真寥寥可數。

戚少商和息大娘一掠上屋頂，使得赫連春水也沒有選擇。

他要保護息大娘。

他要完成息大娘的心願。

所以他更不能讓戚少商被捕或死亡。

他也只有飛上屋頂。

他知道這一上縱，能否再活著落到地上，實在是沒有多大把握的事。

但他沒有別的選擇。

他上躍之前，發出一聲長叱：「毀轎！」

◇◇◇

赫連春水這道命令是向「四大家僕」而發的。

既然是跟這個天下間第一等辣手人物對上了，就必須幹到底，先把他那使黑白二道聞名喪膽的轎子毀碎再說。

赫連春水掠了上去，「四大家僕」立時全面毀碎這頂怪轎。

正在這時，突然間閃出四條瘦小的人影。

四個穿紫衫、靈巧的孩童，各施一對金銀小劍，刺戳四大家僕的下盤。

四大家僕的兵器既粗而重，長大而具威力，但四名小僮一味近攻，身法靈動，使四大家僕一時窮於應付。

赫連春水雙腳剛要沾到瓦面，突然間，一塊瓦片飛射向他足踝。

這一下激射而至，以赫連春水的武功，並不怎麼難以閃躲，但這一記攻擊卻拿捏得妙到巔毫，赫連春水足尖還有半寸即達屋頂，眼看就要站穩，全心全意凝聚下盤之力降落，就在這時，瓦片破空而至！

這好比一個人正在凝神沉思，只要在他耳邊隨便叫上一聲，都會使他大吃一驚；又像一個人在吃嫩滑魚肉時，冷不防肉中夾了一根魚刺，特別容易被刺傷咽喉。

赫連春水自然也不是省油的燈。

他原可一個觔斗避了開去，只是這樣會稍微狼狽了些，他立意要在來人面前顯示一下他的實力，當下力聚足尖，驟然加快，拍的一聲，把瓦片踩於足下。

他這一腳，已踏住瓦片，這一腳之力，剛可裂石，但又使得恰到好處，不致踩碎屋瓦足陷其中。

可是他腳下的瓦片，竟像游魚一般的滑動，饒是功力霸道的赫連春水，也把樁不住，一滑倒退，直瀉而下。

瓦面是下斜的，他足足滑退了七尺，瓦片仍在溜動。赫連春水應變奇速，另一隻腳尖，及時又踏住了瓦片。

這時，那瓦片被赫連春水雙腳踏住，再也無法滑動。

可是在這時候，赫連春水的位置，也不利到了極點。

他落腳之處，本來是面對白衣人，位置略高，甚宜搶攻，而今一滑七尺餘，變得盡處於下風，白衣人若再施暗器，赫連春水只有兩種情形：

一是死，一是翻落屋瓦。

就在赫連春水應付那足下瓦片的剎那間，戚少商、息大娘、高雞血、韋鴨毛四大高手，已一齊向白衣人發出強力的攻擊。

白衣人也發出了四道暗器。

四道完全不同的暗器。

他的暗器就像抓藥一般。

不同的藥方，適用於不同的病人。

不同的藥物，抵抗不同的疾病。

他這四種暗器，剛好是覷準這四大高手武功招式的破綻而發出的。

所以四人的攻勢俱被擋回。

白衣人手上已多了一枚鋼鏢。這一枚鋼鏢，仍在他的指間，並未發出。

但這一件暗器要發出時的殺氣聲勢，全都聚集在赫連春水的身上。

赫連春水如不想死，只有被迫躍下屋頂。

可是赫連春水也當真頑強，他右手提槍，高舉過額，準備全力擲出！

只要白衣人發出飛鏢，他就扔出那銀槍！
——寧可拚個同歸於盡，也絕不臨陣退縮！
戰況在這種劍拔弩張，一觸即發的情形下僵持，膠著！

◇◇◇

月光下，戚少商等四人看見白衣人肅殺的神態，不禁都爲之悚然。
白衣人那一鏢若發出去，赫連春水就不一定能接得下。
同樣，白衣人在閃躲赫連春水銀槍奮力一擲後，也不一定能接下他們四人的全力攻擊。
這是生死關頭。
問題是：誰死？誰生？

◇◇◇

白衣人並沒有發出他那一鏢。

他只是冷冷地道：「你是『神槍小霸王』赫連春水？」他說話不像說話，像在桶裏掐潑一片片的薄冰。

「你的『鐵翼迎風』袖法，是用『小陽神功』使的，當然是韋鴨毛；另外一位，身法踏『玉樹臨風』、雙掌並施『鴨犬不留萬佛手』，想必是高雞血。」白衣人繼續說下去。

他在提到那一個人的時候，便向對方看了一眼，只看了一眼，便似一片冰劍，在對方臉上刺了一記。

比月色還冷。

比雪還寒。

「雙劍如夢身如絮，花落花開霜滿天，劍法好、出手辣、人如此美，不是息紅淚息大娘，不可能有第二位。」然後他雙目盯著戚少商，英華畢露：「你的『碧落劍法』，還有『鳥盡弓藏』心法，決非『獨臂劍』周笑笑能使——你是『連雲寨』的『九現神龍』戚少商！」

五大高手，無不駭然。

白衣人能在這短短交手的幾個照面裏，能夠從他們的武功家數，覷出他們的名號。

更可怕的是，白衣人不是從正面過招裏，得悉他們的武功絕招，而只是從他們招架閃躲暗器的招式中，即道破他們的身份。

白衣人一字一句地道：「你是不是戚少商？」

戚少商雖給他看得心頭發寒，但凜然不懼，昂然道：「你來抓的是我，豈不知道我是誰！」

白衣人搖頭，道：「我抓的當然不是你。」

此語一出，眾皆愕然。

白衣人道：「我抓的是周笑笑。」

戚少商指著自己的鼻子道：「你以為我是周笑笑？」

白衣人頷首道：「周笑笑也是獨臂的，他逃亡的時候，『海上神山煙雲閣』的『天姚一鳳』惠千紫，也跟隨著他逃跑。而我追捕他這一路來，也有很多武林高手出手攔阻，所以才致生此誤會，你們……」

戚少商和息大娘都舒了一口氣，戚少商道：「還好，如果連『四大名捕』中的老大無情也來抓我，那我算是多生一雙翅膀，也飛不掉了。」

白衣人這才一笑道：「戚寨主言重了。」這人一笑，仿似嚴冬盡去，春暖花開，一天的陰霾俱隱去，雲開月朗。

這青年人正是「四大名捕」中的大師兄，原名成崖餘，江湖人稱「無情」。

無情與眾人一番交手，他人盡皆嘆服。他因先天體弱，內氣走岔，無法練成武功，只依靠一雙巧手，以冠絕天下的暗器，還有自己精製的轎子機括，來抗巨敵。他雙腿俱廢，卻以無比的毅力，練成絕世輕功，適才五大高手聯手，也傷不了他分毫。

像這樣一個體弱多病的殘廢人，卻是名震天下的名捕之首，戚少商斷臂之傷未癒，見了也不由心生振奮。

無情問：「卻不知戚寨主因何而逃？是何人追你？何以會弄到這個地步？」

戚少商長歎道：「這事說來話長……說來你還有一位知交在我們這兒。」

無情揚眉道：「哦？」

無情和戚少商等的緊張局面一旦緩和，下面轎子旁的四名小僮與四大家僕也紛紛住手。

高雞血知道眼前這極難纏的白衣青年，並非敵人，當下放下了心頭大石，澀笑道：「啊，原來是一場誤會。」

韋鴨毛本來全身繃緊僵硬，也緩緩鬆弛下來，道：「周笑笑是『天靈堂』的堂主，一向甚有令名，卻不知是犯了何事，要勞名捕追緝？」

無情冷哼道：「周笑笑就是有盛名，可是他的所作所爲，不堪已極，我因機緣巧合，得知他的罪行，既不是奉師父之命拿他，也不是刑部要抓他，只是我要揭發他的罪狀……」他頓了一頓，道：「這一路來，很多道上的人，都被這僞君子騙倒，和我作對，我因抓此人，確也得罪了不少江湖上的朋友。」

息大娘見無情說這些話的時候，目光隱有憤色，知道無情著實甚恨周笑笑，卻不知周笑笑犯了什麼滔天罪行。

正在這時，忽聽無情叱道：「誰?!」

一條人影，疾掠上屋頂。

這人來得十分迅疾，快得不可思議，連高雞血、赫連春水等五大高手，事先也全無省覺，反倒由無情一喝，這才警省！

這人直掠而上，他所掠之處，卻是赫連春水的一道暗卡所在：那是十一郎，十二郎及十三妹防守的要塞。

三條人影。

三道刀光直捲來人。

只聽一聲驚呼，三道刀光如長空急電，激飛投入夜空之中。

三人的身軀，被一種奇異的力量震得飛向赫連春水、高雞血、韋鴨毛之處投來。

赫連春水、高雞血、韋鴨毛因事起倉然，不及應變，只連忙把人扶住。

來人已撲向戚少商。

戚少商大喝一聲，出劍刺去。

那一柄「留情」寶劍，原爲朱紅顏色，戚少商倉猝運力，劍身在黑暗中呈現通體金紅，直刺來人。

來人橫劍一架，手中所持的劍，通體碧綠，像黑夜森林裏的狼眼。

雙劍一交，紅芒銳消，綠光暴長。

息大娘見戚少商遇險，雙劍急刺來人背心，來人反手一劍，紅色劍芒暴長，息大娘劍短，只好急忙退開。

來人的綠劍已指在戚少商的咽喉上。

紅劍已在這人手裏，他是用這奪來的劍擊退息大娘的。

息大娘退避，是因爲她完全沒有想到來者可以在一招之內制伏戚少商。

息大娘、赫連春水、高雞血、韋鴨毛再想衝近，戚少商已爲來人所制。

忽聽一人冷冷地道：「放開他。」

來人一怔。發覺一枚飛刀已無聲無息，到了自己背心三尺之遠，突然硬生生停住，只要白衣人發力一催，便會疾射過來。

這樣短的距離，他是不是能躲得過？

這樣可怕的暗器，他能不能應付得過來？

他也不知道。

他沒有收劍。

劍尖仍指著戚少商的脖子。

他緩緩回頭。

他只知道一點，像這樣高明的暗器手法，普天之下，絕對不超過三位。

他希望是他想見到的那一位。

四七 名捕與神捕

這個人高大、威儀，顧盼間有一種高貴的氣派，但身上衣衫半乾不濕，血漬和泥漬斑斑點點，卻仍不使他的氣派稍減。

這人正是劉獨峰。

劉獨峰回頭。

無情一震，失聲道：「是你！」伸手凌空一挽，收回飛刀。

劉獨峰可說是六扇門中頂尖兒的好手，輩份絕對高於四大名捕，甚至足可與諸葛先生平起平坐；四大名捕聲名鵲起，後來居上，大有青出於藍之勢，但四大名捕對這位公門名宿，仍是十分尊敬仰儀。

四大名捕裏，無情和追命，都曾因緣際會，曾與劉獨峰碰過面，無情還總共與劉獨峰見過三次，一次是諸葛先生宴晤劉獨峰與李玄衣；一次是跟御史大人、刑部尚書、吏部各大員議事；另一次，是他們合力制伏天梁、天相、天府這「三星七煞」。

那一次合作破案，使無情與劉獨峰，有更進一步的合作，而且惺惺相惜起來。

劉獨峰向不輕易許人，那一次，他忍不住向無情說過這樣的話：

「我佩服你。」

「你比別人少了一雙腿子，但你的輕功比誰都好，你的體質比任何人都弱，但你的意志比誰都堅強。你連武功都不能練，但暗器使得比蜀中唐門還好。而且誰都可以當捕快，唯獨你不可以，可是，你當得比誰都稱職。」

「我要是你，我辦不到。我真的佩服你。」

這是劉獨峰對無情最高的稱許。

那次無情只說了一句話。

「我一生都是在向你學習。」

那是五年前的事。

之後，他們就沒有再碰過面。

劉獨峰也道：「是你！」

他是先驚覺那絕世的暗器手法，推想可能是無情，所以震訝的程度，遠不如無情爲甚。

無情這才抱拳道：「劉大人。」

劉獨峰道：「成捕頭。」無情原名成崖餘，江湖上反而忘了，劉獨峰卻是記得非常清楚。「你怎麼也來這裏？不是赴陝西金印寺辦案嗎？」

無情道：「那案件已結了，三師弟仍在那兒善後，我因追緝一個惡徒，到了南燕鎮，那惡徒傷了人，我找這兒的名醫，那醫師姓潘，大家談起來，我才知道二師弟曾在思恩縣出現過，像還受了傷，特地過來看看，便遇到了這樁事兒……」

「三師弟」便是追命，「二師弟」即是鐵手，那姓「潘」的醫師，自然就是日間鐵手求醫的「翻生神醫」了。

無情畢竟辦案久了，知道在什麼時候必需要立即表明立場，他這幾句話即清楚交代自己何以在這裏，劉獨峰當下道：「哦，你跟他們並不在一塊兒的。」言下之意是：如果你們是一夥的，那倒不好辦事了。

無情道：「戚寨主義薄雲天，向有俠名，卻不知今兒犯了什麼事，要勞動劉爺的大駕，千里迢迢來緝拿他呢？」

無情知道不論是什麼案件，只要是驚動到這位深居皇宮裏養尊處優的劉神捕，事情決難善了，只是不忍見傳言裏一向瀟灑清逸、俠名遠播的戚少商，落難斷臂後仍難逃法網，故出此一問。

劉獨峰道：「我這也是沒法子的事，這戚少商，是皇上下旨要抓的。」

無情凜然道：「是。」

劉獨峰道：「這一路來，有不少人護著他，我就趁他們和你對敵之時，偷偷潛入，一舉擒下他……我掩進來的時候，看見他們全神貫注在圍攻你，我也沒看清楚是誰，卻沒想到是成大捕頭你。我倒是撿了這個便宜了。」

無情道：「他們把我當作是劉爺了。」

劉獨峰忽道：「這個息大娘，還有赫連春水，也拒捕殺害我四名隨從，按照道理，我也要把他們一併拿下，依法定罪。」

赫連春水狠狠地道：「我呸！你算算看手上的劍，染了我們赫連春水侯府多少鮮血！你殺害了我們多少熱血好漢的性命，那就不用償命了嗎？！」

劉獨峰道：「因你拒捕在先，他們是秉公行事，殺他們是應該的！」

高雞血忿然道：「大家都是命一條，沒啥應不應該的，你們要殺我們，我們就殺你們！這兒不是朝廷，一切都得照江湖規矩！」

劉獨峰怒笑道：「按照江湖規矩，我便要取你性命！」

高雞血拉開馬步，一手朝前招了招，道：「來啊，有本事儘來取去！」

劉獨峰冷笑道：「你也引開我，好搶救戚少商，別以爲我會上當！」

高雞血道：「你是沒種，不敢接戰，只敢欺負受傷斷臂的人。」

劉獨峰臉色一變，強忍道：「殺人者死，別的我不管。息大娘殺死雲大，必須償命。」

赫連春水長身攔在息大娘身前，道：「好，你殺了我多名部屬，也得先償命來！」

劉獨峰臉露怒色，冷哼道：「沒想到赫連樂吾有這樣一個不成材的兒子！」

赫連春水道：「不成材？我這個不成材的東西，至少可以剁掉大名鼎鼎的劉神捕一隻姆指！」他自己中指折斷，手裏緊緊握住銀槍，正在冒血。

劉獨峰心裏正在迅速轉念：他的確也殺了不少人，那些人大多是忠義不畏死之士，心裏難免有愧。雲大的死，息大娘自該償命，至於殺死李二、周四和藍三的人，都已喪生在該役中，沒有什麼不公平的。

劉獨峰心裏清楚：戚少商和息大娘並無大惡，而且素有俠名，自己奉旨抓拿，偏在他們落難負傷、巨讎未報之際，一上來先破了碎雲淵，枉害了不少無辜女子，又因追捕兩人，先後與江湖上的高雞血，韋鴨毛等硬角色結仇，又與在朝廷中頗有影響力的赫連府中人結怨，這些樑子愈結愈深，當非好事。

他看出赫連春水與高雞血捨命出手，不像是爲戚少商，而是要幫息大娘，至於韋鴨毛，則一向都是高雞血的拍檔。如果自己一定要殺息大娘，赫連春水與高雞血則可以爲報一眾弟兄之仇來追殺自己，如此冤冤相報，何時是了？他要一併殺掉赫連春水與高雞血，還不算太難，但高雞血的部屬，赫連府的親人，難保都不報仇，這樣下去，如何善了？他手上已抓住了戚少商，總算首號要犯已拿住，生恐夜長夢多，不如先押回京城，便算是完成任務；何況，聖上旨意並沒有要抓息大娘等，自己又何必逼人於絕呢？

劉獨峰這一陣轉念，已下了決斷，便道：「好，我沖著你們幾位的面子，息大娘殺死雲大的賬，暫且記下；這位戚寨主，我是身奉皇命，非抓回去不可，劉某人這趟行事，有何虧江湖禮節處，他日再當謝罪。」當下未待眾人反應，便向無情匆匆低聲說了一句：「我要走了，你先替我擋上一擋。他日再敘。」

一面說著，一劍刺出！

戚少商乍見劍波一吐，以為劉獨峰已動惡念，要殺自己，偏又避無可避，自度必死，不料劍尖刺在他的穴道上，何等鋒銳的劍卻似變成了鈍木，只封了他頸肩五處大穴，卻不刺破皮膚，戚少商仰天倒下，劉獨峰一手揪住，叱道：「後會有期。」身形直向地面急射！

赫連春水、高雞血俱是一怔。

他們主要的目的，是要維護息大娘，他們自己也心知肚明，單憑自己幾人，就算聯手，也未必就能敵得過劉獨峰，何況還有個無情？俗語說：官官相護，更何況無情和劉獨峰同是名捕！

可是為了保護息大娘，他們也只好一拚。

而今乍然聞說劉獨峰只要抓走戚少商，先不計較息大娘，他們二人，心中俱是一喜。

就在這時，劉獨峰挾了戚少商就走。

劉獨峰知道，單憑那幾人之力，無情若出手相助，這些人也斷留他不住，自己日後再向無情面謝，總好過耗在這裏夾纏不清。

劉獨峰對接手這樁案子，已感到前所未有的懊惱。

劉獨峰一走，赫連春水與高雞血一時沒有想到該不該出手。

韋鴨毛則看高雞血而行事，他年紀比高雞血大，經驗比高雞血豐富，但高雞血卻是他的師兄，他也只服高雞血一個人，只對高雞血一人盡力、盡忠、鞠躬盡瘁，這種江湖人的感情，也非一般人所能瞭解的。

可是只有一人完全沒有考慮。

沒有考慮到自己生死安危，不考慮一切……

這人當然就是息大娘。

息大娘全力出手。

她焉能忍容劉獨峰挾走戚少商！

息大娘一旦出手，赫連春水和高雞血也出手，韋鴨毛自然也隨著出手。

但他們只遲了這麼一剎。

息大娘第一個出手，她最可以阻攔劉獨峰，但一道黑物飛至！

息大娘全神攔截劉獨峰，竟無及閃躲，腿上「跳環穴」著了一下，登時一個蹌踉，赫連春水伸槍一攔，用手相扶，息大娘才不致滑落下去。

這一來，息大娘便不及攔住疾若隼鷹的劉獨峰。

劉獨峰脅下挾了一人，但動作速度，絲毫不減。

他人未落地，已發出一聲長嘯。

三匹快馬，即從街角處急馳而出！

三匹健馬並行，騎在左右兩匹馬的人，便是張五和廖六。

中間一馬空馱。

劉獨峰身形一降，輕輕地落在空馱的馬背上。

三馬急馳而去。

高雞血和赫連春水所佈下人手，想上前圍攏攔阻，但全給廖六和張五舞起掃刀，逼了開去。

三馬飛馳，息大娘等追了幾步，距離已經拉遠，但息大娘仍然發狠急追。

赫連春水、高雞血只好也相伴，發足狂追。

韋鴨毛則退了回來。

這兒的大本營他還要坐鎮照顧。

真正的江湖中人，所顧念決不只是一己之私，而是一眾兄弟朋友的福利安危。

韋鴨毛身形一頓，目眺高雞血等身形遠去，驀然回首，長嘆一聲，問：「你為何要這麼做？」

他問的是無情。

語音裏充滿了失望、難受。

剛才那一道暗器，打在息大娘的「跳環穴」上，的確是無情出的手。

無情也沒有選擇的餘地。

劉獨峰是捕神，他是奉旨意抓拿戚少商；他也是捕頭，沒有理由眼看同僚在不傷害其他江湖好漢之下擒住要犯，而在強敵圍攻下不出手相助的。

所以他打出那一枚暗器。

那枚暗器旨不在傷人，只是要阻人。

可是他也知道，他這種做法，無疑已跟這一干江湖人物結怨。

韋鴨毛見他不語，也瞭解他的苦衷，便道：「你知道戚寨主因何落到這般田地？」

無情搖首，他遠赴陝西勘查金印寺奇案，後因聞鐵手遇危而趕來這裏，對連雲寨、毀諾城被攻破的事情，均一無所知。

韋鴨毛簡單扼要的對他說明。

無情聽了，又慚又悔。

要知道四大名捕雖身在公門，但時獲諸葛先生諄諄告誡，要體情察微，瞭解黎民百姓疾苦；在江湖上，要秉道義處事；在武林中，亦要照規矩行止。「連雲寨」素有俠盜之名，因招忌而被鏟除，寨主戚少商隻身一人，身負重創，被叛徒追殺，自己還出手使之成擒，在情在理，未免說不過去。

韋鴨毛說罷之後，嘆道：「沒想到戚寨主他逃過重重險阻，以爲總有一天能報血海深仇，卻仍是逃不過這一關。」

無情靜默了一會，道：「劉神捕不是那種人。這一路上，決不會難爲他的。」

韋鴨毛哂笑道：「劉神捕再好又有何用?就算戚少商不死在路上，押回京師，傅丞相會放過他麼？」

無情沉默。

這時，忽聽遠處喊殺之聲大起，又一陣衣袂掠風，赫連春水、高雞血已挾著息大娘急奔回來。

原來息大娘、赫連春水、高雞血狂追劉獨峰，追了二、三里，忽見人馬浩蕩，火炬耀目，竟是顧惜朝已召集黃金鱗部眾趕來剿滅，劉獨峰打馬馳入軍隊中，高雞血和赫連春水見勢不利，忙挾了息大娘就走。

息大娘臉上出現了一種悲憤的神色，這卻使她尖秀的臉頰有一種決絕的美。

高雞血掠回鎮中，立即佈署撤退，赫連春水則在旁留意息大娘，生怕她又衝回敵陣，為救戚少商而不顧一切。

息大娘卻出奇地平靜，她掠上屋頂，走向無情，到七步開外處停步，一字一句地道：「你害了他，好，我殺了你的兄弟！」

無情一愕，不知她是何所指。突想起剛才戚少商曾向他提起「有一位知交還留在我們這兒」，心中隱隱感到不安。息大娘已一個倒翻，掠入客棧二樓。

息大娘這不出手反而飛退，令無情心中惴然不安，雙手一拍屋瓦，急掠而上。

赫連春水一向痴心於息大娘。他是世家子弟，雖然聰明過人，能果斷、用人、任事、這從他身邊多效死之士可以見出，他不惜斷一指之擊以求傷退劉獨峰，亦可見他的勇慨果決，不過畢竟是年少易衝動，對情這一關，十分的勘不破。他情有獨鍾於息大娘，本來眼見戚少商被劉獨峰擄去，心底深處難免隱有一絲喜意，但見息大娘心喪欲死，他即如失了魂魄一般。

這下他見無情要追趕息大娘，不加思慮，銀槍一攔，一槍向無情臉門扎到！

無情見這一槍來勢非同小可，心想自己跟他談不上深仇大恨，何故出手如此不留餘地，赫連春水的「殘山剩水奪命槍」，自是不可小覷，當即全神應付。

息大娘躍進房裏，一連轉入三間房裏，踼開櫥櫃，都沒有發現有人，先前她聽韋鴨毛等人說起，鐵手穴道被制，並藏在櫥櫃內，她對無情恨絕，總是覺得要是沒有無情相阻，必定可以攔住劉獨峰，救回戚少商，所以她要搜出鐵手，殺他以洩恨。

待她踼開第四間房子的櫥櫃時，赫然發現鐵手正在裏面。

息大娘叱道：「你的大師兄害了戚少商，你怨不得我！」銀牙一咬，一劍向鐵手心口刺落！

四八　鉤子與袖子

忽然拍的一聲，息大娘這一劍，被人雙掌一拍，硬生生挾住。

息大娘臉色一變，道：「高老闆，你別阻我！」

來人出手阻擋，正是高雞血。

高雞血雖然也傾慕息大娘，但其實十分自量，以義氣為重，色倒在其次，只不過他慣於與人做生意，蠅頭小利，銖錙必爭，反而不似別人裝出一副大仁大義的模樣。他不像赫連春水一般痴心，知道息大娘是去殺鐵手洩憤，覺得大大不妥，便出手攔阻。

高雞血喝：「大娘，這是危急之際，何苦多樹強仇？」

息大娘道：「我不管！無情害了少商，我殺死他的師兄弟，有何不當？」

高雞血臉露遲疑之色：「可是……」

突然外面喊殺之聲大作，敵人愈衝愈近。息大娘直望高雞血背後，叱道：「顧惜朝，你還敢來！」

高雞血大吃一驚。他聽聲辨位，知道敵軍已然迫近，但決未料到顧惜朝已攻上客棧了，連忙回身防範。

只是背後那裏有人？他急回身，息大娘臉上充溢著霜刃般的煞氣，又一劍向鐵手扎下，高雞血這次已不及出掌挽救。

突然拍的一響，一個飛蝗石，將劍鋒撞偏！

跟著又拍的一聲，一個飛蝗石擊在鐵手腰脅上，別看這小小一片事物，卻把鐵手震得斜飛出櫥櫃。

同一時間，七八片飛蝗石打在鐵手身上。

息大娘一怔，只見門口白影一閃，無情已出現。

後面追了個赫連春水。

原來幾個照面間，無情已用凌厲的暗器，迫開赫連春水，搶上客棧房間來，一見竟是二師弟鐵手，連忙施放暗器阻止息大娘殺人。

息大娘氣得發抖，刷地撕下牆上一塊窗紙，道：「好，你來受死更好！一干卑鄙小人，枉稱四大名捕！」

無情也不動氣，只道：「你們大敵當前，大禍臨頭，還不從速退去，跟我窮耗作甚！」

息大娘罵道：「你們這些冷血無情的東西，惺惺作態又如何！」一劍往無情刺去！

她的人飄起，單劍直攻無情，但另一隻手卻在背後一揚，「嗖」地一支繩鏢，直射鐵手胸膛！

無情一手支地，微用力一撐，左閃三尺，避過一劍。

息大娘的左手繩鏢，卻掩飾得十分巧妙，直射近鐵手胸膛，眾人才發覺，不覺失聲呼叫。

息大娘如果殺了鐵手，與四大名捕的樑子，可結得深了。

不料鐵手輕噓一聲，伸手一抄，已抓住繩鏢。

韋鴨毛暗吃一驚，心道：鐵手明明是給自己封住了穴道，爲何還能動彈？回心一想，當即省悟：無情的後來幾片飛蝗石，想必是替鐵手打通了被封的穴道。

只聽鐵手道：「大師兄，你來了。」

無情道：「二師弟，你傷得如何？」

鐵手放開繩鏢，道：「不礙事的。不過，連雲寨一案，十分冤枉，戚寨主也是一名豪傑，這樣被他們抓去，實在說不過去。」

無情道：「是。這個事我處理得殊爲不當。現下大敵，頃刻便近，看來是要捉拿剩下這幾位的，不如先行退走，再從詳計議。」

鐵手當即道：「是。」向眾人道：「戚寨主的事，我們師兄弟必當設法，你們犯不著留在此地任憑宰割，何不先撤走再說？」

高雞血和韋鴨毛都覺有理，赫連春水望向息大娘，要看她的決定。

戚少商一旦被擒，息大娘已心亂如麻，只想要報仇，怒憤莫已。而今略定心神，知道就算自己不顧性命，也決不能叫這幾名江湖好漢陪死，當下便道：「你們先退，我去追劉獨峰！」

鐵手搖首道：「妳一個人去追，劉獨峰武功高強，追著了又能奈何？不如先跟大夥兒退走，再合力營救戚寨主，方才是善策！」

息大娘含淚道：「可是……可是……再不救少商，可能就──」她生怕戚少商會落在顧惜朝等人手中，又恐劉獨峰行動迅疾，不易追及。

鐵手看出她心中所慮：「妳急又有何用？依我看，劉大人是個公正明理重英雄的人，決不會胡亂把戚寨主交落黃金鱗這等小人手上……」這時喊殺之聲已越逼越近，韋鴨毛早已放暗號，命部下在林子裏外迎抗來敵。

無情忽道：「息大娘，戚寨主被擒一事，因我而起，如果戚寨主實屬無辜，我會負責追回此事，妳不必擔心。」

無情說的話，自是十分有份量。他的輕功又極好，如以他追趕劉獨峰，自然有相當把握。

息大娘情知此刻不能任性行事，害己誤人，便道：「高老闆、赫連公子，我們該當如何撤退好？」

她這樣一問，顯然心頭怒火已暫告平復，高雞血、赫連春水等都鬆了一口氣，這才商議如何退走。

鐵手道：「如果要撤，我還有一位姓唐的小兄弟，還有十幾名六扇門的朋友，也得一齊撤走。」

韋鴨毛應道：「好。」又問：「李福、李慧、連雲三亂等，要不要都一刀殺了？」

鐵手道：「這個……三寶葫蘆的夢幻天羅，那是一定要收回的，免得給這干傷天害理的狗腿子用來害人……」

韋鴨毛道：「這事我自會辦理。」

無情忽問：「有一干連雲寨的叛徒被你們擒住了？」

鐵手道：「也有黃金鱗的部屬。」

無情道：「如此甚好。黃金鱗和顧惜朝非易惹之輩，必先佈署妥善才發兵攻來，我們硬闖不是辦法，這些人大是有用。」

眾人知道無情是四大名捕之首，足智多謀，諸葛先生有許多重大決定，不能親力親為時，便交付無情代決，可見此人辦事智計過人，連忙向他請教。

無情囑韋鴨毛及部下們，把李福、李慧、馮亂虎、郭亂步、宋亂水一眾人等放了出來，鐵手也設法打開三寶葫蘆，收回夢幻天羅，於是把馮亂虎一干人等用布蒙臉，脫去原來服飾，逼每人強服一顆丹丸，這一干人早已嚇得屁滾尿流，怎敢不從？

無情吩咐道：「我一喊『滾』字，你們立刻往東北方逃，走得快，不讓我追到，或可活命；而且，你們吞了我的『三屍腐腦丸』，要不疾奔出汗，將藥性自毛孔逼出，立即喪心病狂，毒力入腦，自噬而歿，如想要得以活命，就要看你們跑得夠不夠快，賣不賣力了。」

眾人一聽，更是嚇得雙腿打顫，卻不知丹丸有毒，其實是假，要他們撒腿逃跑是真。

無情便暗示韋鴨毛令手下撤退，退入棧中。待顧惜朝、黃金鱗等大軍一到，便命連雲三亂等發腿猛跑，無情和四僮發喊窮追，一面發出暗器，那一干貪生怕死之輩見逃得慢的同伴中鏢路地，嚇得巴不得親娘多生兩條腿子，沒命似地狂奔。

顧惜朝、黃金鱗與鮮于仇衝殺過來的時候，原已料定息大娘等決不會留在客棧內坐以待斃，此番見這班人一逃，加上無情全力追逐，便更加判定客棧內不會留下什麼重要人物，都全力追趕，黃金鱗與顧惜朝雖知鐵手維護息大娘等，但卻不知無情也幫著這一夥人，他們剛才確遇上劉獨峰，劉獨峰雖堅持不讓戚少商落在他們手裏，但卻提到之所以能順利擒得戚少商，乃仗賴無情從旁出手相助，故此，黃金鱗、顧惜朝都以為無情是「自己人」。

黃金鱗及顧惜朝雖然巴不得手刃戚少商方才甘心，但劉獨峰說什麼都不允可，幾乎不惜大動干戈，堅持護此重犯，黃金鱗等也不敢強索，心裏都在盤算：反正戚少商押回京師，落在傅大人手裏，絕免不了一死，又何須罣慮？當下便發兵全力攻打安順棧。

連雲三亂等蒙面奔竄，顧惜朝等自然認不出來，他們也不知道鐵手就在棧內，並曾與無情交談過，設法要救護這一班講道義的江湖朋友。

顧惜朝和黃金鱗發動主力追趕，弓矢齊發，射倒了七、八人，剩下二十餘人，更加嚇得魂不附體，既不敢回頭，也不敢停步，發足猛逃，狼竄兔奔，狼狽不堪。

鮮于仇則留下來，跟一隊人馬，搜索安順棧。

這一來，便遇上息大娘、赫連春水、鐵手、高雞血、韋鴨毛、喜來錦、唐肯等這一脈的主力。

這些人雖傷的傷，疲的疲，但武功大都在鮮于仇之上，鮮于仇一下子便給息大娘、赫連春水、高雞血與韋鴨毛等包圍堵死。

鐵手大聲呼道：「不可戀戰！」他總是認爲報仇是日後的事，萬一黃金鱗等撥大隊回頭，則不易應付，可是息大娘殺紅了眼，巴不得把這些強讎全殺箇精光方才甘休。

鮮于仇在萬分危險之際，忽然出現一隊人馬。

這隊人馬不多，但都十分精銳。

鐵手一見，臉色倏變，疾喝：「快退！」他自度元氣恢復不到一、二成，這還是靠韋鴨毛在點穴時，並未用重手，也不封要穴，使他得以在櫥櫃內，雖動彈不得，但仍可以運氣調息，元氣方才得以恢復一小部分。但在己方陣容裏，息大娘傷疲過度，根本不宜再戰，赫連春水也掛了彩，只有高雞血、韋鴨毛等，比較在體力上沒有什麼耗損，但敵方增援極快，如果爲了殺死鮮于仇而戀戰，這是十分不智的。

鮮于仇的駱駝雙峰杖，揮舞極急，策蒼黃馬突圍，但卻被高雞血突然抱住馬首，整匹健馬像渾沒了骨骼般的，癱軟了下來。

鮮于仇滾落地面，依然苦戰不休。

赫連春水一記銀槍，把他逼入絕路。

背後是石牆。

前面是息大娘要取他性命的雙劍。

這鮮于仇到了性命攸關的時分，倒也非同小可，怪杖往後一擊，竟將石牆擊塌，他越牆而出！

息大娘報仇心切，自破牆裏疾穿而出！

沒料這鮮于仇作戰經驗豐富，臨危反噬，自己越破牆而過後，一杖回擊，就在息大娘在牆洞將越未越的剎間，下了殺手！

息大娘雙劍一交，架住一杖，劍尖一捺，刺入怪杖的兩顆怪瘤結上。

鮮于仇回杖一掄，息大娘劍尖嵌在杖上，劍柄則在手中，藉勢掠了過來。

鮮于仇大吃一驚，一掌拍出，息大娘雙劍都刺入杖中，體力衰弱，一時不及應變，但鮮于仇這一掌「砰」地一聲，卻擊在一隻袖子上。

那袖子鼓滿了真氣，就像一面皮鼓一樣，鮮于仇一掌擊下去，手腕被震得幾乎脫臼；韋鴨毛替息大娘擋過一擊，一腿向鮮于仇踢去！

韋鴨毛上用衣袖遮擋，腳下這一蹴，無聲無息，極是難防，但鮮于仇臨危不亂，見韋鴨毛肩膀一動，當即躍起，不料人才躍起，肩上已著了一記，悶哼一聲，斜飛出去！

鮮于仇著了這一記，心裏還完全不能明白，何以韋鴨毛明明是腿下一勾，但吃痛的反而是自己的肩膊。

他不知道韋鴨毛除了「鐵翼迎風」袖功之外，在江湖上尤爲稱著的是他那「借東打西，出手打腳，打自己傷別人」的怪招。他出腳絆鮮于仇，卻已出掌擊中鮮于仇。

鮮于仇藉力飛退，卻遇上唐肯。

唐肯更不打話，一刀斫去。

鮮于仇在蹌踉痛退中，無法閃躲。

唐肯刀斫至一半，突然住手，狠狠地吐了一口痰，罵道：「這樣殺你，勝之不武！」

他身旁的捕頭喜來錦可不是這種想法。

他的鐵枷一舞，用力向鮮于仇頭部砸去！

「不殺留著成禍患，不可婦人之仁！」喜來錦如此叱道。

可是鮮于仇只稍緩得一口氣，這人也算勇悍，一杖反擊過去，枷杖互碰，鮮于仇功力本遠勝喜來錦。但他倉惶應戰，受傷在先，怪杖反而被喜來錦的雙枷夾硬鎖住。

鮮于仇四面受敵，臨危反撲，一味勇悍；喜來錦養精蓄銳，除惡務盡，下手自不容情，一時間兩人爭持不下。

突然，一人平越過眾人頭頂，一鉤掛向喜來錦！

唐肯橫刀一架，手中大刀幾乎脫手飛出！他也天生豪勇，強自立馬，拚死不讓人拉扳過去。那人一鉤不能奏功，輕噫一聲，一閃身已出足掃跌唐肯。

唐肯一倒，那人的鉤子便向他脖子鉤落！

錚的一聲，鉤子鉤在一桿銀槍上。

使槍趕來的正是赫連春水！

那人用刀一拖，鉤口磨擦槍桿，發出尖銳刺耳的響聲，赫連春水連跌兩步，那人居然鬆鉤，鉤不回收，卻以鉤頭反撞而出！

要知道赫連春水正被鉤力扯得前衝，鉤頭迎胸撞來，這一正一反之力何等巨大，若是擊實，赫連春水非要立斃當前不可。

那人鉤法十分歹毒巧妙，可是他卻忽略了赫連春水的槍法，原就叫做「殘山剩水奪命槍」！

「奪命槍」自然是指槍法奪命，但「殘山剩水」四字，形容的正是這一路槍法，在遇險拚命、絕境危局之時，越能發揮它的威力！

赫連春水一招失利，但即一槍搠出！

槍是長兵器，必須要回槍刺出，才有力道，否則只能藉直劈搠拖刺衝之勢，才能發揮效力，但赫連春水一槍在短距離出擊，一槍直刺那人臉門！

那人應變奇速，急時一仰首，槍尖險險掠鼻而過，赫連春水借這一槍之勢回轉一格，拍地架住那一鉤。

那人臉雖後仰，但左手一刀，已扣住赫連春水脈門！

赫連春水一掙不脫，揉身直上，一肘就打了出去！

凡古今使槍名家，莫不是與人拉長距離動手爲尚，赫連春水卻步步進逼，著著搶攻，貼身肉搏，近距發招，「砰」地一記，正中那人胸脅。

但那人也斜步一勾，把赫連春水勾跌了半步。

不過赫連春水的一肘，也足以打斷了他兩二條脅骨。

赫連春水一跌，立刻借銀槍之力反撐而起，那人亦捂胸而起，赫連春水跟那人互相搶攻，一個照面間，兩人俱傷，只不過那人傷得慘重一些；赫連自覺傷得實在不算什麼，但覺得那人出手不論兵器拳腳，全是以「鉤」法爲主，武功甚是奇特，不禁往那人看去。

只見那人眉清目秀，臉色煞白，胸脅那一記，傷得顯然不輕。

赫連春水一怔，臉色倏變，忽想起武林中一人形貌，脫口道：「舒自繡！」

赫連春水怕的當然不是舒自繡。

而是他知道舒自繡與酈速遲二人，都有一個大靠山。

這個「靠山」便是文張。

赫連春水怕的是文張！

可是，文張早已來了！

◇◇◇

鮮于仇與喜來錦比拚三招，鮮于仇越戰越勇，內力恢復得越快，喜來錦已盡落下風。

但韋鴨毛的袖子忽然捲住他的怪杖。

鮮于仇最忌畏的就是韋鴨毛。

韋鴨毛的另一隻袖子已捲上了鮮于仇的頸項！

正在此時，另一隻袖子已攻了上來。

鮮于仇心驚膽戰，不料韋鴨毛竟有三隻袖子；一對袖子他已應付不過來，更何況有三隻袖子！

可是這隻袖子卻半途截住韋鴨毛的袖子，絞纏在一起。

韋鴨毛的人立即變了。

他本來枯瘦的身軀突然膨脹了起來。

他隨即鬆開了捲住鮮于仇拐杖的袖子，攻向來人。

那人的白袖，也舒了過來；一青一白，兩隻袖子，袖口對聯在一起，兩隻袖子裏都像有洶湧波濤一般，激盪起來，也不知兩隻手掌，在袖裏過了多少招、多少式。

鮮于仇眼見來了強助，大喜過望，正要乘虛攻擊韋鴨毛，但息大娘雙劍已然攻到。

高雞血砰地撞破石牆，跨了過來，猛見一人，神態從容慈和，清癯有神的白衣文士，正以一雙袖子，與韋鴨毛一雙袖子戰在一起。

高雞血一看，情知不妙，叫道，「是文張！師弟小心！」

突地一刀斫來，出刀者神容威猛，白髮白鬚，正是高風亮！

四九 大刀與扇子

高雞血的武功原來就刁鑽靈活，剛才與無情一戰，因爲無情暗器太過凌厲，高雞血的武功根本不及發揮，而今高風亮一刀砍來，聲威逼人，高雞血後退半步，刷地抽出摺扇，竟架住一刀。

刀是鋒銳無比，削鐵如泥的大刀！

但摺扇只是紙和竹製成的扇子。

這一扇居然架住了這一刀。

高風亮喝了一聲：「好！」一刀便成千刀萬刀，猶如漫天風雨，挾威而至！

高雞血的扇子一開，扇子只書「高處不勝寒」五字，仿如遊龍直衝雲霄，破扇飛去；他的扇子一開，張揚遮掩，那一輪急刀，全給他攔了下來。

高雞血讚嘆道：「『八方風雨留人刀』，好刀法！」

高風亮也拚出了真火，一捋白花花的鬍子，雙手捧刀，一副精誠所至，金石爲開之勢，道：「還有『五鬼開山刀』！」

一刀斫去！

高雞血大喝一聲，摺扇飛刺高風亮十一處要穴！

高風亮那一刀自斫他那一刀，高雞血的摺扇自搶攻他的要害，兩人招式全不相近，而且也完全不理會對方攻勢，但奇的是，兩人拆式，到了半途，卻都會合在一起，交擊之下，高風亮身子一晃，高雞血身形一震，兩人都喝了一聲采：「好！」

高風亮刀法一轉，竟雙手握住刀口，以刀柄爲鋒，叱道：「試試我的『顛倒眾生，授人於柄』刀法！」

他這一刀斫出，高雞血突然揉身搶進，他身材雖胖，動作卻出奇靈敏，挺著個大肚子，砰地撞上了高風亮！

高風亮給他撞跌七、八步，一時血氣賁騰，但一刀已然斫落，正中高雞血肚皮上。

高雞血悶哼一聲，也退了三、四步，勉強把穩樁子，但腹部已爲刀氣所傷。要是他不是用「彌陀笑佛肚皮功」抵禦，這一刀若是斫落在其他的地方，則非骨折肉離不可！

高風亮刀勢又是一變。

他雙手捧刀，高舉過頂，胸門大露，刀舞急旋，自生一股猛烈的狂風。

高雞血叱道：「好個『龍捲風刀法』！」即彈跳躍翻，縱掠閃躲，高風亮刀風的大力，全被他輕巧的避了開去。

高風亮已鬥出了真火，刀法又是一變，那口近六十斤重的大刀，在他使來，如鵝毛一般，輕若無物。

高雞血這才倏然色變。

他知道這才是「神威鏢局」的看家本領：

庖丁刀法！

高雞血是綠林裏的頂尖兒好手，高風亮則是走鏢的一流高手，這兩人天生就是對頭，但這次卻爲了官府、朋友的事，拚個你死我活，出手間誰也不留餘地。

◇◇◇

這一輪苦戰爭持下去，要走的反而是息大娘。

息大娘、喜來錦力戰鮮于仇，息大娘因傷未癒，一路逃亡以來，自是疲極倦極，武功更是大打折扣，不過因與喜來錦雙鬥鮮于仇，仍是佔了上風，也因而她得以統觀全場……

高雞血正苦鬥高風亮，難分高下。

赫連春水決戰舒自繡，穩佔上風。

韋鴨毛力拚文張，卻險象環生！

唐肯與勇成交手，看來兩人都未盡全力。

鐵手正領十幾名衙役，以及四十餘名韋鴨毛的部屬，還有赫連春水的八名部下，與如潮水般湧來的軍兵、連雲寨叛徒、神威鏢局子弟惡戰，鐵手等人武功較高，大可應付，無奈軍隊愈來愈多，糾合成眾，再這樣下去，難免要全軍覆沒了。

息大娘雖然豁出了性命，但她怎忍心教這一干義氣之交，陪她送死？

這樣一轉念間，息大娘心下清明：無論如何，留得性命，這才可以爲姊妹們報仇，營救戚少商——這同樣也是戚少商對她深深期許的。

息大娘心中已下決定，也不顧殺死鮮于仇，只一連七八招殺著，把鮮于仇逼得手忙腳亂，突然間，她皓腕一震，繩鏢急如蛇信，「嗖」地射了過去！

鮮于仇怪拐一封，繩鏢突然在拐子上一繞數圈，仍疾射鮮于仇，鮮于仇一時不想放棄拐杖，只來得及側了側身，繩鏢已射中了他的右胸！

他大叫一聲，撫胸而退！

息大娘呼道：「快撤！」

她這一叫，可真有效。

高雞血的扇子突然脫出飛出，旋舞追打高風亮，高風亮急忙跳開，凝神以待，高雞血卻凌空接引，取回扇子，轉身就走！

高雞血的輕功原比高風亮高，年紀又遠比高風亮輕，他這一逃，高風亮實在追他不著。

赫連春水本來就佔了上風，長槍一輪急攻，突然雙手抓住槍尾，全身躍起，意欲全力當頭砸下！

舒自繡幾曾看過如此不要命的槍法，一面舉鉤招架，一面卸力急退！

不料赫連春水這凌厲無儔的戰姿，接下來卻凌空一個翻身，拖槍就走，與高雞血、喜來錦、息大娘等人會合一道，正要撤走。

可惜韋鴨毛卻被困住。

文張的武功深不可測。

這時鐵手忽然掠了過來，喝道：「快出手！」一把抓住韋鴨毛，一掌向文張劈去！

息大娘、高雞血、赫連春水見鐵手如此張惶，不禁同時一驚，飛掠向韋鴨毛身旁，這時，文張的袖子已不跟他相接，三人一觸韋鴨毛，才發現他衣服裏無一根骨骼是完整的，嘴角溢血，牙齦緊閉，敢情嘴裏還含了一大口血，未曾吐出來，再一摸鼻孔，已無呼息！

一時之間，息大娘、高雞血、赫連春水三人，大慟大怒，齊向文張出掌。

其實，文張的內力，本就勝過韋鴨毛。

韋鴨毛的「鐵袖迎風」，真氣遍佈全身，但他的真氣是自袖功而生，並非本身真元；文張出身極雜，所學也博，但本元內息卻習自少林「金剛拳」及「大韋陀杵」功力，元氣充沛剛猛，生生不息，他也長於「東海水雲袖功」，以袖纏袖，兩人旗鼓相當，但袖底下交手，文張便大佔上風。

本來二人對掌，文張雖佔優勢，但一時未必能制住韋鴨毛。文張爲人卑鄙，袖裏藏刀，以匕首割傷韋鴨毛中指。

文張當日在「骷髏畫」一案殺死魯問張，用的就是匕首，原並不出奇；兩人在袖中對掌，文張卻以匕首傷人，韋鴨毛一痛失神，一著失利，文張內力源源湧至，先以宏厚無比的內力，震斷韋鴨毛中指第一節，再以韋鴨毛折斷的中指首節，撞斷其中指第二節，再集二節斷指之力，震斷其中指第三節。

三節指骨盡碎，韋鴨毛內力一散，文張內力卻洶湧而至，以其三節斷指，撞碎其掌骨，再以掌骨撞斷腕骨，腕骨震碎前臂骨，前臂骨震斷後臂骨，臂骨震碎肩骨，肩骨撞碎琵琶骨，琵琶骨震碎脅骨，脅骨刺入心臟——韋鴨毛半聲慘呼未出，立時身亡。

文張一舉擊殺韋鴨毛，心中正是得意之時，不料韋鴨毛瀕死反撲，抬足向他踢倒。

文張手上加勁，側身閃開，同時用左手一格，想抄住來腿，豈料這一撈未著，反而胸上著了一掌。

韋鴨毛使的是他「聲東擊西」的看家本領，看似出的是腿，其實是騰出一手，劈出一掌，文張雖老奸巨猾，只一時大意，也吃了一記，不過此時他已是強弩之末，文張又內勁遍佈全身，他這一掌，只能教文張血氣翻騰一陣而已。

可是鐵手這時已看出韋鴨毛情形不妙，急掠而至，一掌劈到！

文張血氣未平，掌力已亂，只好勉力相接。

要換作平時，以鐵手內功之強，足可把文張震得吐血當堂，但此時鐵手元氣大傷，這一掌擊出，最多只有平時兩成功力，文張要硬接一掌，尚可應付。

不過這時，息大娘、赫連春水、高雞血三人掌力已至！

文張突然遇險，臨危不亂，他左手與鐵手交掌，右袖一揮，以「東海水雲袖」截擋三股強勁！

這一下交接，文張連退五尺，口裏一甜，哇地吐了一口鮮血！

息大娘、赫連春水、鐵手等還待再攻，高風亮、舒自繡、鮮于仇已攏了過來，護住文張。

高雞血一見韋鴨毛死去，心中悲憤若狂，哀呼了一聲：「師弟！」心感韋鴨毛、禹全盛師徒都爲自己的事而喪命，他本來悲憤若狂，但畢竟是一代宗主，領導綠林同道大有經驗，情知如果自己不退，別人感念韋鴨毛之死，更不會退，如此就算能手刃文張，大夥兒也全喪在這裏不可，當下心意已決，以大局爲重，叱道：「快撤！」

高雞血這一聲號令，人人莫敢不從。

息大娘急退，赫連春水也傳令部下速退，鐵手則招呼衙役們退走。

唐肯則不忘背負尤知味而退。其實，他並不清楚尤知味是敵人，只見他也在客棧之中被封了穴道，穴道封得又甚特異，唐肯功力不足，無法解開，便不管他是敵是友，總之也要一齊撤走，這一來，可恨得尤知味牙斲斲的，文張雖然精明，料定客棧內可能還有要犯，故意留下討伐立功，此際血戰一番，尤知味依然落在息大娘等人手裏。

高雞血則背了韋鴨毛就跑。

這一來，韋鴨毛的部下都錯以爲韋鴨毛未死，全跟高雞血撤退。

高風亮本就不怎麼熱衷於擒下這一干人，舒自繡被赫連春水傷得不輕，只顧護著文張，不敢再追，只有鮮于仇十分剽悍，竟率兵追了出來。

追了幾步，鐵手陡然一停，一掌劈來。

鮮于仇素懼鐵手神威，猛然止步，不料鐵手功力銳減，這一掌只是虛張聲勢，果然把鮮于仇唬住。

鮮于仇在部下面前受騙，十分恚怒，發足再追，少說也要殺得一名重犯，以平怒火。

世間對落水狗窮追猛打的人，在所多有，由於對方逃避，更激起他一貫欺壓之心，加上立功心切，鮮于仇領兵猛追，追近赫連春水，赫連春水不等他出招，一沉身，半旋步，就是一記「回馬槍」！

這一槍當胸刺到，聲勢何等疾厲，但鮮于仇驍勇善戰，應變奇速，確有過人之能，在急馳中突然吐氣揚聲，雙腳如釘子般速然敲入土裏，四平大馬，攔拐一格，「哧」的一聲，槍尖刺入杖瘤內。

鮮于仇發力一扳，想將赫連春水的銀槍甩脫，赫連春水左手中指新斷，握槍不穩，索性棄槍，揉身而上，「砰」地一時撞中鮮于仇。

鮮于仇大叫一聲，他身後七八名精兵擁了上來，但十一郎、十二郎、十三妹一陣快斬，衝亂敵方陣腳，息大娘一揚手，繩鏢向鮮于仇迎面打去！

鮮于仇百忙中拐杖一劃，纏住繩子，繩索迅速在楞頸轉成幾匝，鏢仍疾射向鮮于仇，鮮于仇眼明手快，一手抄住，他見自己片刻間奪兩大高手的兵器，心中得意，正要說話，突然左肩府、右脖一齊涼了一下，跟著刺痛了起來。

原來息大娘繩鏢射出，皓腕一翻，另有兩片尖鏃悄悄射出，鮮于仇只顧及應付繩鏢，不意連中兩下暗器，他心中一驚，息大娘一閃而至，一足蹴出，踢在他的腹中。

鮮于仇中了這一腳，並不退後，反而撫腹彎腰，息大娘拔出右腿，四大家僕等上前護住，息大娘與赫連春水相偕急退。

高風亮與勇成追近，扶住鮮于仇，這才知道息大娘鞋上藏有利刃，等於是一刀刺入鮮于仇肚裏，鮮于仇已是出氣多，入氣少了。

一干追兵見息大娘等反撲如此凌厲，都心存怯意，不敢迫近，高風亮本就不怎麼全力以赴，文張因爲受傷，待他調息後趕上，赫連春水等一干人早已逃得不知所蹤了。

◇◇◇

這一行人，浩浩蕩蕩，逃往的地方正是南燕縣郊的拒馬溝、青天寨！

「拒馬溝」住的不是強盜，也不是匪寇，而是一班以牧馬爲業的北方好漢。

這一群好漢的領袖，原本是義薄雲天、豪邁狂放的「三絕一聲雷」伍剛中，但伍剛中在追隨鐵手追捕「滅絕王」楚相玉一案中身歿，「青天寨」的重任，全落在他的愛婿——「急電」殷乘風的肩上。

殷乘風本來與伍剛中掌上明珠伍彩雲青梅竹馬，恩愛逾恆，可是伍彩雲也在「談亭會」一案中慘死，這件慘案發生後，殷乘風性情大變，雖然真正兇手已被無情和追命殺死，不過伍彩雲的死，令殷乘風鬱鬱寡歡，無心理事，青天寨的聲望，也從此一蹶不振。

「青天寨」本在武林中俗稱「南寨」，它被稱「南寨」，卻非關位居南方，而是近易水南支建寨而得名。

「南寨」原與「東堡」、「西鎭」、「北城」合稱「武林四大家」，但經過數番戰亂、變故，「撼天堡」黃天星已歿，東堡欲振乏力；西鎭「伏犀鎭」藍元山因欲逞一己野心，造成愛妻霍銀仙之死，已孑然出家，伏犀鎭亦名存實亡；北城「舞陽城」城主周白宇，因與藍元山之妻小霍有染，愧對天下好漢，雙雙自殺，舞陽城本就因「魔姑」姬搖花攻城而元氣大傷，迄此可說壽終正寢。

這些種種興亡盛衰的變化，都在四大名捕故事中的「會京師」及「談亭會」裏一一述及。

殷乘風雖然已變得無精打采，但他畢竟仍是南寨寨主。

息大娘是「毀諾城」城主，她原本跟伍彩雲十分交好；戚少商是「連雲寨」寨主，連雲寨聲勢後來居上，他跟殷乘風也是相熟。高雞血是綠林中的「中間人」，跟殷乘風雖然不熟，但跟伍剛中卻有深厚的交情。

鐵手曾跟伍剛中一道辦案，而無情跟殷乘風，淵源可就更深了。要不是無情，殷乘風未必能報得了殺妻之仇。

息大娘在「毀諾城」臨毀之前，跟一眾姐妹約好在易水見面，大家心照不宣，自然就是「青天寨」。

因爲以「青天寨」與「連雲寨」及「毀諾城」的交誼，斷不會見死不救、坐視不理的。

大家集合的地點，正是這曾一度是「武林四大世家」的青天寨。

易水南。
拒馬溝。
南寨。

五十　拒馬溝、青天寨

息大娘、赫連春水、鐵手、高雞血、唐肯、喜來錦這一行人，終於逃到了易水南支，拒馬溝的青天寨內。

息大娘是因以碎雲淵的力量護戚少商，以致毀諾城被攻破，從此不斷逃亡的，她一心全繫在戚少商身上，而今隻身得到暫時的安全，心情也不見得快樂。

赫連春水與高雞血則因助息大娘而遭連累，引發這一場逃亡的，其中赫連春水帶了七名部屬，高雞血領了韋鴨毛的三十一名弟子，投奔青天寨。

這一路來的逃亡，自然也遇到了截殺，赫連春水方面，十二郎身亡，高雞血的部下，也死了三人，可謂損失慘重。

鐵手是因救戚少商而身受重創，他的內功一直未完全恢復，便無法發揮他那驚世駭俗的武功；唐肯本因神威鏢局為勢所迫，不得已投向官府，要助官兵剿匪，牽涉其中，後因出手相救鐵手，相偕逃亡，而今與息大娘一夥，匯合一起，索性成為這浩浩蕩蕩大逃亡的一分子。

可是促成他們逃亡的關鍵人物：戚少商，到頭來還是教劉獨峰逮捕了去，不能跟他們一齊逃入青天寨。

青天寨的子弟初見這一干人物前來，以爲是敵，後來才弄清楚，急急走報寨主殷乘風。

殷乘鳳正在寺中借酒消愁，一聽是息大娘等人前來，也稍現喜色；息大娘原本與伍彩雲是手帕交，而他本身跟戚少商意氣相投，兩寨之間守望相顧，連雲寨出事之後，他一直很是擔心，換作以往，他必然發兵去助，但此際他已意氣消沉，再不欲插手江湖恩怨，是故未有行動。未幾又聞毀諾城被攻破，連霹靂堂分堂也被牽連，心中大急，找到寨主「三眼怪」薛丈一商議，要不要發兵營救戚少商、息大娘、雷捲等。

「三眼怪」薛丈一原是「黑煞神」薛丈二的兄長，與「黑煞神」薛丈二和「地趟刀」原混天，還有「上方劍」盛朝光合起來，是南寨中的四大高手，但薛丈二，原混天全在「毒手」一役中壯烈犧牲了，於是薛丈一升爲副寨主，盛朝光則爲寨中的總頭目。

「三眼怪」薛丈一好勝尙義，力主調兵下山，但盛朝光比較穩重任事，大力否決，認爲此際東堡已傾，北城亦毀，西鎭欲振無力，南寨人手缺乏，不宜招搖樹敵，再結強仇。兩人爭持不下。

殷乘風本人卻始終念念不忘伍彩雲，心灰意懶，而前幾天寨裏又來兩位稀客，對這件事，使他心念繁忙，但一直未作出決定，更遲遲未出兵救援，沒料息大娘一行人卻已經到了。

更沒料到的是，連四大名捕中的鐵手，竟也在逃亡之行列之中。

盛朝光之所以力阻青天寨下山救援，主要理由之一，是不想與四大名捕為敵：四大名捕與諸葛先生，跟「武林四大家」關係一向甚佳，互為奧援，盛朝光為恐追捕戚少商一案，是在四大名捕手中辦理，為此與四大名捕為敵，殊為不值，亦為不智，卻未料到鐵手居然也跟息大娘等一道，投奔青天寨！

殷乘風忙命盛朝光迎眾入寨，自己匆匆洗臉更衣，與近日入寨的兩位貴賓，到青天寨「朝霞堂」中迎客。

息大娘、高雞血、鐵手乍見殷乘風，都吃了一驚。殷乘風本來爽朗英挺，而今卻滿臉于思，形枯骨銷，這樣看上一眼，便可以想見他對伍彩雲，是何等念念不忘，傷心痛苦了。

眾人見過之後，殷乘風和息大娘異口同聲都在問對方：「為何弄成這般田地？」話才出口，知道所問的心中已知答案，無疑形同問了一句廢話，都沒有再說話。

鐵手道：「我們逃來貴寨，如果不便，儘說無妨，我們實在是不想再牽累別人。」

殷乘風猛抬頭，拱手道：「鐵二哥這是什麼話！各位在江湖上為義捨身，不借冒險犯難，輾轉逃亡，在下卻在這裏飲酒傷心，實在慚愧已極，若在此時不再為諸位一盡己力，那還是個人麼！」

高雞血聽鐵手這等說法，自是光明磊落，但他一向做慣生意，虛實不予人說，當真生怕就此讓青天寨有藉口推拒不答，忙道：「殷乘風寨主不必擔心。我們此番入寨，早已撇開官府眼線，暗渡陳倉，諒他們也不得知我們已入貴寨。」

鐵手卻道：「他們雖沒看見，但黃金鱗、顧惜朝非泛泛之輩，這兒方圓百里，論勢力、講義氣，除南寨之外焉有他處？他們亦必定懷疑。」

高雞血急得向鐵手猛使眼色：「唉呀，他們就算起疑，也無證據，難道貿貿然揮軍入侵青天寨不成？」

青天寨總頭目盛朝光一向穩重小心，道：「這也難說，我看朝廷發軍殲滅連雲寨，再撥軍攻打毀諾城，是一串連鎖行動，他們只要抓到些微把柄，即可尋釁，另生戰端，不可不防。」

副寨主薛丈一卻頗不耐煩，一拍桌子道：「我管他們發不發兵的！他們要是敢來，來一個，殺單的，來一對，宰一雙，要是來十個百個，幹了不必計算！」

盛朝光不服，冷笑道：「咱們青天寨現在經得起官兵鏖戰嗎？」

薛丈一銅鈴般的雙眼一瞪，道：「啥事經不起？想老寨主在生的時候，什麼天大的仗兒不一概揹了？現在時勢變了，但要青天寨的好漢貪生怕死，當縮頭烏龜，我姓薛的第一個不幹！」

在殷乘風身邊的男子忽道：「在下倒有一個計議，不知便不便說。」

殷乘風忙道：「謝兄儘說無妨。」

那男子道：「青天寨有的是不怕死的兄弟，息大娘等一行人，不過四十來人，殷寨主不妨用金蟬脫殼，暗渡陳倉之計，引開官兵的追索。」說到這裏，微笑不語。

殷乘風即問：「如何金蟬脫殼，暗渡陳倉，尚請謝兄明示。」

那姓謝的男子一笑，道：「先遣派八十餘人，分成兩批，假扮成息大娘一行人的樣貌，一批往翼東山路走，一批乘舟赴江南，把追兵引開，顧惜朝他們自然不會疑心鐵二爺、赫連公子等已投入青天寨。」

眾人往那青年男子望去，只見他眉宇清朗，目帶異彩，滿臉笑容，談吐溫雅，儀表端的不凡。

殷乘風會意，向眾人引介道：「這位是九九峰連目上人的入室弟子謝三勝謝兄。連目上人早年是家父創立山寨的老兄弟，後來金盆洗手，退出江湖，歸隱九九峰上，潛修佛理、武功，這位便是他的高足謝兄。同行的是他師妹姚女俠——」

那女子抱拳頷首道：「我叫姚小雯。」

眾人也抱拳答禮。

謝三勝接道：「家師每年都來拒馬溝拜會青天寨，與伍老寨主聚舊，可是這兩年來，伍老寨主已然過世，家師不想觸景傷情，故遣在下與師妹來拜會殷少寨主，專程討教。」

殷乘風道：「謝兄客氣了，你來了敝寨，給予我們不少指點，使青天寨得益匪淺。」

謝三勝謙道：「殷寨主言重，在下叨擾多日，不勝慚愧。」

高雞血道：「剛才謝兄所提的意見，甚有見地，不過，一口氣派出八十餘人，不是個小數目，這樣對南寨，恐怕不大好……」

殷乘風道：「這是義所當為的事。這幾年來，青天寨雖欲振乏力，但派出近百人手，卻還只是稀鬆平常。」

盛朝光沉吟道：「不過，寨中的兄弟要是裝扮成鐵二爺等的模樣，萬一給黃金鱗等人逮著，難保不招出實情，豈不是弄巧反拙？」

薛丈一不耐煩地道：「老盛，你以為咱們青天寨的兄弟，是貪生怕死、吃裏扒外之輩？你放心，他們忠心一片，決不致連累大伙兒的！」

盛朝光心裏有氣，道：「要真給那干官兵拿著，嚴刑迫供，你敢保證他們不說？就算他們不說，這些兄弟們，有的家眷是在寨中，有的卻住在寨外，只要給官府鎖了起來，要脅利誘，你能擔保沒有人供出一言半句？！」

薛丈一一時反駁不出，只冷笑道：「老盛，你顧慮甚多！就算那些狗官們知道是咱們青天寨幹的，又能怎樣？咱們南寨好久沒大幹一番了，正好拿他們祭刀！你這幾年沒動傢伙，可膽小手軟了麼？」

盛朝光這回可抑不住怒火了，忿然道：「薛老大，我這番思慮，純粹是爲了南寨。南寨跟官府直接起衝突，兵禍連延，對誰會有好處？息大娘、鐵二爺等駕臨咱們青天寨，咱們就得處處保他們平安，若是咱們只懂放明著跟官兵對壘，這算什麼?!真要拿兵器流血拚命，你一哥跑第一位，我老盛決不站第二位，你這番話，以爲我姓盛的是怕事之徒麼？薛老二，原老弟去了，青天寨就仗寨主和咱幾人撐著，要是逞個人之勇，我老盛早就快意恩仇去了，用不著你來嘮叨！」

薛丈一給盛朝光一輪數落，一時說不出話來。鐵手忙道：「盛兄所言甚是。」

姚小雯忽道：「其實那也不是什麼難事。只要貴寨兄弟引開官兵一段路程，然後暫到市集或城裏卸去化裝，回復本來形貌，化整爲零，黃金鱗等再怎麼查，也查不出個所以然來，寨中兄弟也不必冒被捕之險了。」

高雞血拊掌笑道：「是也！此計甚妙！」

息大娘向姚小雯看去，只見她鵝蛋臉兒，纖瘦清秀，便笑著握她的手道：「好妹妹，如果毀諾城還在，真要請妳多來談心哩。」忽覺她的手甚是冰涼。

殷乘風道：「既然如此，事不宜遲。」便立即召八十餘名寨中兄弟進來，分別按照眾人形貌化裝，相偕出寨，依計行事。

待此事料理妥當之後，殷乘風囑寨中大夫，爲受傷眾人療傷，略作休息，共用晚膳，並暫將尤知味扣押起來。

次日傍晚，忽聞頭目來報：「四大名捕之成崖餘的兩名劍僮求見寨主。」

殷乘風道：「快請。」

鐵手等乍聞無情的四名近身劍僮中兩名折返，卻不見無情，自是十分擔心。兩劍僮來到「朝霞堂」上，分別向諸人見禮之後，鐵手便問：「情形如何？」

鐵劍僮子道：「公子把那一干惡人蒙面趕跑，那些官兵亂放暗器，傷了八、九人，逃了一段路，連雲寨的游天龍、神威鏢局的勇成等率眾伏擊，一輪衝鋒又殺了七、八人，才弄清楚是那三個大搗亂和姓李的那對活寶，真是笑死人了。」

銅劍僮子道：「是啊，笑死人。黃金鱗、顧惜朝等人追到，跟『連雲三亂』、『福慧雙修』等一朝相，哈，那個模樣兒，知道是自己人殺自己人，更氣了個吹鬍子直瞪眼！」

唐肯笑道：「馮亂虎、郭亂步、宋亂水、李氏兄弟，這五人沒死，也算他們命大！」

鐵手卻問：「金劍和銀劍到哪兒去了？你們公子呢？」

鐵劍僮子道：「公子要我們先回南寨，稟報情況，以免諸位擔心。」

息大娘皺眉道：「他自己卻去哪兒了？」

銅劍僮子道：「公子交代我們向大娘您交代一聲：他要和金劍、銀劍去追劉獨峰要人。」

息大娘一震，道：「什麼！」

鐵手長嘆一聲，道：「我就知道大師兄對此事耿耿於懷，決不會袖手旁觀的。」

謝三勝問：「那麼，你們公子會不會回來這兒？」

鐵劍、銅劍相顧一眼，眼中都有委屈、懸念的神色，先後道：「公子說過，救不回戚寨主，他便無臉目以對諸位英雄，誓與劉捕神周旋到底。」

「如果人救得了，自然回轉；我們本也要跟金劍、銀劍師兄去，公子就是不准，命我們回來這裏，向諸位稟報實情……二爺，我們該怎麼辦呀？」

這末了的一句，是向鐵手問的。鐵手伸出一雙大手，輕輕在二劍僮肩上拍了拍道：「你們的公子，要辦一件事的時候，無論多大的困難，無論多少阻擾，他都會去克服完成的；以前，有很多不可能解決的事，都給他解決了，現在，事情雖然很棘手，但他也一定能夠解決的，你們不用擔心。」

兩名劍僮兩對清靈的眼睛眨動一下，聽話的點了點頭。

然而在鐵手的心裏，卻十分的迷惘：劉獨峰是六扇門的第一把好手，當年捕快群中的名宿，無情則是四大名捕裏的大師兄，當今青年高手中的傑出人物；而今要無情在劉獨峰的掌握中救人，那會是個怎麼樣的局面？

——誰勝？誰輸？

鐵手心裏也不怎麼明白：無情爲何如此參與這件事？以無情一向冷靜得接近冷酷的作風，應該不會只爲了自己促成戚少商被捕，而要跟劉獨峰爲敵；何況，皇上的確曾下密旨，要劉獨峰拿人，無情這等做法，豈不是違抗聖旨？

而在息大娘的心中，又是另外一個想法。

她本來恨死了無情，恨透了四大名捕，因爲她覺得，戚少商也是給什麼捕神抓去的，而無情也曾出手，阻攔了自己那麼一下子，以致自己不及搶救戚少商。

她對一切的官兵、捕衙，全都心惡痛絕。

她就是一個這樣的女子，敵友分明，愛恨分明；她可以爲她所愛的人不惜死，也可以不惜一切的對她所憎恨的人報復。

可是她沒有想到，那個在月光下，殘廢、冷傲、清俊的白衣青年，突然真的履行他的諾言，去營救戚少商！

她不禁深深的回憶了一下，那白衣青年的樣貌神情，然後這樣想：

——要是他真的能救回戚少商，我願意犧牲一切來報答他。

只要戚少商真的能無恙回來。

戚少商真的能無恙回來，與息大娘共聚嗎？

五一　暗鬥

鐵劍與銅劍，的確已經把實況轉達，但還是把一些情況，隱住不說。

這些沒有向諸俠說出來的事情，不是兩僮子不說，而是無情曾叮囑過他們：不要說。

無情不想他們知道太多。

一旦知道得太多，息大娘等就無法靜心療傷。

無情尤其希望鐵手能早日康復，恢復功力——只有自強，才能禦敵！

要想除強易暴，首先自己得要夠強。

而今，他很清楚息大娘、赫連春水、高雞血這一群人都不夠強，就算鐵手和殷乘風，也不是在他們最佳的狀況。

無情是個有殘疾的人，他是在襁褓的時候，就給殺父辱母的強仇，挑斷了雙腿筋脈，但他堅忍不拔，最徹底的堅持自強不息奮鬥不懈的道理，終於練成了絕技。

——如果想要鋤強扶弱，而自己卻不夠強，那只是空有大志，無所濟事，反會讓人弱肉強食。

——如要助人，必須先能自助；如要持正衛道，自己先要人強氣壯！

無情一雙腿子，有等於無，但他經過苦練，輕功在武林中已算數一數二；他不能練高深的內功，但他發暗器的手段，可以算是武林中的頂尖高手。

無情決不向命運屈服。

他覺得命運老是挫他、辱他、譏笑他，為的便是要他克服這一切障礙，而成為一個不凡的人。

所以他成為「四大名捕」中的大師兄，當今六扇門中最受重視的人物。

他略施小計，讓顧惜朝、黃金鱗等對自己手下胡裡胡塗追殺了半天，便與四劍僮隱身樹上，偷聽「連雲三亂」、「福慧雙修」以為自己已中劇毒，並且垂頭喪氣、氣急敗壞的遭顧惜朝頓足斥罵。

當時，黃金鱗情知中了調虎離山之計，也明知顧惜朝爭功冒險，以致折損了尤知味、冷呼兒等兩員大將，心中當然有氣，卻不發作，把李福、李慧叫近前來，端詳一番，再掀開他們的眼皮瞧瞧，沉著氣問：「那干盜匪迫你們服下的是什麼毒藥？」

李福早已懼得臉無人色，聲音發顫：「他們說……迫我吃下的是什麼『三屍腐腦丸』，服了會全身奇癢，喪志失心，自噬而亡……」

李慧哭喪著臉，問：「黃大人，這、這種毒丸，可有解救麼？」

黃金鱗微哂道：「是『三屍腐腦丸』？」

馮亂虎、郭亂步異口同聲搶著道：「是『三屍腐腦丸』！」

黃金鱗遊目一掃，看過眾人氣色，心中已有計較，「連雲三亂」是顧惜朝的心腹，「福慧雙修」也是文張的手下，加上高風亮等仍受文張的控制，而較聽命於自己、並無權位上衝突。然而武將鮮于仇與冷呼兒，冷已身亡，鮮于仇又不在此，自己顯得有些勢孤力薄，非要廣結善緣不可，便道：「你們都受人擺佈了。『三屍腐腦丸』是一種天山派的奇毒，任何人服了，半個時辰之後，眼白都會有十數至百粒灰點，耳筋突露、鼻涕、唾液、汗水都無法控制，黃膿不堪，你們都沒有這些症狀，牙齦也沒滲出濃血，服的自然不是『三屍腐腦丸』。」

「福慧雙修」喜形於色，「連雲三亂」則驚疑不定。

宋亂水道：「可是，我服了之後，的確發覺全身都有些不妥……」

黃金鱗道：「那裏不妥？」

宋亂水期期艾艾地道：「這……這又說不上來。」

黃金鱗笑道：「那是心理有陰影所致，有人告訴你已服了奇毒，自然就會感到不適。我們曾經處死過一個犯人，餓了他十多天，讓他意志消沉，筋疲力盡，再蒙他雙眼，綁他在石床上，用冰塊劃過他腕脈，然後懸放一漏水的木桶，並告訴他，我們已用尖刀劃斷他的脈門，如此把他棄置在密室內兩天兩夜，這犯人果然就死了。其實他並無受傷，只是以為自己血已流乾，鬥志生機全失而歿，那都是心理作用。」

宋亂水喜道：「真的？」

李福道：「黃大人精於醫道，朝野聞名，黃大人下的判定，自然不錯！」

李慧恨恨地道：「看來，我們真的受騙了。」

無情和四名劍僮躲在隱蔽處，本來甚覺喜鬧，但見黃金鱗如此冷靜處事，心中倒是一悚，暗中端詳黃金鱗，只見他方臉大口，獅鼻環目，頭巾飄飄，戰袍束帶，綠靴虎步，很有氣派，心下起了警惕，覺得這是一個勁敵，倒不可小覷了。

只見一個高顴闊肩、虬髯滿腮的精壯漢子沒好氣的道：「叫你們抓人，結果給人耍了，使大家露了行藏，實在枉費了大當家在林中安排伏兵這一著。」

這說話的人正是游天龍。他原在「連雲寨」九大當家中排行最末，早在勞穴光還是大當家的時候，已經加入「連雲寨」，後來戚少商獨闖「連雲寨」，敗服八大當家，被推舉為首領，游天龍更受到重用。

只是游天龍再怎麼受重用，以他的武功才幹，也難以勝過其他八名當家，直到顧惜朝入主連雲寨後，任用游天龍位居要職，使他心存感激，再以威迫利誘，使他背叛連雲寨，僅對顧惜朝一人效忠。

游天龍畢竟是「連雲寨」的「老臣子」，對馮亂虎、張亂法、宋亂水、郭亂步等四名「新貴」，本就不怎麼瞧得順眼，而對正統的官府人物，也格格不入。剛才他在林子裏伏襲來人，不知竟是自己人，曾掃中宋亂水一棍，但也被郭亂步擊中一掌，並與馮亂虎打得難分難解，而今傷有餘痛，「新仇舊恨」，越發湧上心頭。

游天龍這般一說，登時激起「連雲三亂」心頭怒火，宋亂水罵道：「你這小子真他媽的，明知是自家人，還斜來暗算老子一棍，這又算什麼？」

宋亂水不罵尤可，他這一罵，游天龍是張飛脾性，也冒上了火，戟指郭亂步斥道：「他也從後打了我一掌，大家都是同袍戰友，這又叫什麼名堂？」

馮亂虎冷冷地道：「打你又怎樣，剛才要不是大當家趕到，再二三十招，要你死在我掌下！」

李慧因恨「連雲三亂」在「安順棧」裏故意不施援手，插嘴冷笑道：「其實，剛才我已囑大家不要亂跑了，還不是這三位『連雲寨』『亂』字軍的高人慌作一團，早就不必自己人誤打誤傷了。」

郭亂步沉聲道：「剛才鬼叫豕號、貪生怕死的，難道也是我們師兄弟三人？」

李福怒道：「你們這三個草寇野盜，說話可要檢點一些！」

馮亂虎吼了回去：「你叫咱們什麼？咱們四師兄弟可一向都跟隨顧公子，就算在連雲寨落草，為的也是替朝廷剿滅禍患！」

游天龍最怕聽別人論出身，當下按捺不住，大聲道：「我可是奉顧大當家之命，在林裏埋伏，你們自己闖入，破壞了計畫，不向大當家請罪，還在這裏推諉胡賴什麼！」

馮亂虎、郭亂步、宋亂水一聽，倒是覺得有理，生怕顧惜朝怪責，誠惶誠恐的往顧惜朝望去。

顧惜朝的臉色非常難看，卻並不發作，只說：「你們不必再互相譴責，日後誰抓了戚少商，殺了息大娘，擒了鐵手，拿下那一干叛逆，誰就可以論功行賞。」

郭亂步、馮亂虎、宋亂水、游天龍稽首說：「是。」

李福、李慧互覷一眼，知道自己勢孤力單，剛才一時嘴快，怒斥三亂時，難免有得罪顧惜朝之處，便自然傾向黃金鱗那一方，李福道：「咱兄弟未能達成任務，有負大人所託，請大人降罪。」

李慧與李福心意相通，也道：「這次我們受賊人愚弄，全仗大人釋疑，萬請大人予我們將功贖罪的機會。」

黃金鱗當然會意，笑道：「對手非同泛泛，今日之失，不能怪你們，日後多加警惕便是。此當用人之際，你們跟高局主應緊密配合，早日拿下欽犯，以報皇恩。」

李福、李慧都答：「是。」

黃金鱗向顧惜朝道：「顧兄。」

顧惜朝微笑道：「黃大人。」兩人語氣上竟都似客氣了起來。

黃金鱗道：「現在的情況，那一干強盜定已去遠，顧公子有何妙計？」

顧惜朝淡淡一笑道：「妙計不敢，只不過，黃大人真以為他們已經逃遠？」

黃金鱗臉色不變，笑道：「顧兄果爾明察秋毫。下官心中的確起疑，這既是聲東擊西之計，只怕他們仍在——」住口不語，望向顧惜朝。

顧惜朝知道自己不得不說：「安順棧。」

黃金鱗拊掌道：「公子與下官真是所見略同。」

顧惜朝卻道：「如果不幸料中，他們仍在安順棧的話……鮮于將軍的情況，可不怎麼令人放心。」

黃金鱗笑道：「不過，有一位漁人，早就撒網苦候多時了。」

顧惜朝心頭一震，道：「文大人？」

黃金鱗道：「看來咱們只是空忙了一場，這大功還是文張兄獨佔鰲頭了。」

顧惜朝淡淡哂道：「看來，比起文大人，咱們只能配是打先鋒和作探哨的。」

兩人哈哈大笑，竟生敵愾同仇之意。

這時，一騎急騁而至。

馬上的人，是官兵裝扮。

官兵匆匆下馬，向黃金鱗、顧惜朝二人見禮後，迅疾地向他們說了幾句話。

那幾句話是報告安順棧的戰況。

——鮮于仇陣亡。

——文大人負傷。

——敵寇中，除韋鴨毛已被格殺外，餘眾全皆撤離，連鐵手也在其中。

顧惜朝和黃金鱗聽了都沉下了臉。他們心裏有驚有喜，又怒又急。

——喜的是文張搶不了這個大功，他們這一路來艱辛跋涉，連場惡戰，捉拿要犯，自不想讓後來居上的文張獨佔首功。

——驚的是息大娘居然能夠逃脫。

——怒的是連鮮于仇都命喪敵手。

——急的是無論如何，都不能放虎歸山，讓這一群跟他們已有深仇大恨的人脫逃。

他們都知道這是要緊關頭，決不能再各執其是，鬧意見，黃金鱗道：「我們這就馬上調大隊過去。」

顧惜朝吩咐道：「游當家的，你留在這兒看看賊子有無留下線索，再來跟我們會合。」當下各領部屬，往安順棧趕去，只留下游天龍和十九名部下，在林子裏把屍首清理，觀察有無敵人留下的痕跡。

這些人與其說是清理屍首，不如說是搜查屍首上有無遺下值錢事物、銀兩等，至於死屍，只往溝壑裏一拋，就算了事。

無情見大隊遠去，心中有了計議，向四劍僮低聲道：「我要生擒這個人。」四劍僮自幼便受無情調訓，深知主人個性，早已配合無間，當下都點頭準備。

俟游天龍身邊手下分頭遠去，只剩下三人在旁時，無情微一頷首，「嗖」地一聲，打出一根樹枝。

樹枝「哧」地沒入一堆灌木林中。

游天龍登時起了警覺，揮手命兩名部屬過去察看。

便在此時，金劍和銀劍同時在灌木叢裏竄了出來，以迅雷不及掩耳的手法制住兩名連雲寨子弟的穴道。

銅劍自樹上飛身而下，踢倒剩下一名部屬，並迅速刺其要穴。

游天龍即有所覺，霍地一聲，樹上又落下一人，正在自己背後。

游天龍急忙擰身，揮棍欲擊，卻見是一小童，正是鐵劍僮子，游天龍見來人只是個小孩，一時擊不下去。

就在他轉身之際，無情五指一彈，已疾射出三道暗器。

游天龍聞聲欲再轉身，已遲。

他的反應也不可謂不快，伏身閃過一枚暗器，再滾身避過一枚暗器，然後再翻身躲過另一枚暗器，一個鯉魚打滾，站立在地，想大呼應戰，卻覺胸口一麻，已著了暗器。

無情的第四道暗器，根本就是無聲無息的。

他要發出的，本來就只是第四道暗器。

然後金劍與銀劍，前後用兩條竹竿，托著他在樹與樹之間急馳。

游天龍則被鐵劍與銅劍一前一後的抬著疾掠。

無情的目的，是要劫持游天龍，但又不想任何人知道：人，是他劫持的，同時，他也不想有人知道游天龍被劫持了。

◇◇◇

金銀銅鐵四位劍僮輕功要比他們的武功更高，急馳了個把時辰，已到了一處鄉間。

這時大部分的農夫，已下田耕作，無情用一塊布巾蒙住臉孔，才解開游天龍的「啞穴」，讓他正視自己。

游天龍瞪著眼，問：「你抓我幹什麼？」

無情道：「我要殺你。」

游天龍昂然道：「殺吧。」

無情道：「你不怕死？」

游天龍道：「我落在你手上，怕死又能怎樣？」

無情道：「你敗得不服，是不是？」

游天龍不服道：「暗算算得了什麼英雄？」

無情雙指一彈，一石飛出，撞開了游天龍身上被封的穴道。

游天龍霍然站起，無情伸手一撥，把置於膝邊的熟銅棍撥了過去，游天龍一手接住，呼呼舞了幾個棍花。

游天龍天生神力，棍法走勁急路線，這隨手揮舞幾棍，棍身都給勁氣所激，震顫不已。

無情淡淡地道：「請吧。」

游天龍瞪眼道：「請什麼？」

無情招手道：「來攻我呀。」

游天龍瞧了他一陣子，看他秀氣文弱，忍不住道：「你站起來呀。」他好像居然看不出無情雙腳已廢。

無情道：「我坐著就可以。」

游天龍怒道：「亮兵器吧。」

無情道：「我有暗器。」

游天龍以為對方瞧他不起，叱道：「那你死吧！」力揮銅棍，發出風雷之聲，直砸無情左肩！

五二　不是逼供

游天龍這一棍，所取的部位是對方的肩部而不是要害，便是因爲對方已把他制住，而又放了他，讓他有公平一戰的機會，他也不想把對方一棍打死。

無情沒有動。

這一棍所帶動的風聲，把他衣袂激得直飄。

游天龍大喝道：「還不躲開！」

無情突然出手。

他是俟棍子擊近他肩膊時才出手。

一片飛石。

後發先至，石片射中游天龍肘部！

游天龍左臂一麻，右手一震，熟銅棍神奇般地彈起，反擊在他的額上。

游天龍哇地叫了一聲，雖沒有被擊個正中，但也稍碰了一下，額上起了一個老大的瘤。

跟著就是雙腳一麻，撲地跪倒。

只見那個瘦弱的人仍是端坐未動，問他：「怎樣？」

游天龍冷哼道：「不怎樣。」

無情道：「你不服？」

游天龍摸著腫瘤，道：「我怕你會給我一棍砸死，所以留了手。」

無情伸手一彈，哧哧兩聲，兩枚石屑，推開了游天龍腿上穴道：「棍在你的手上。」

游天龍抓住棍身，站了起來，瞪著無情。

無情道：「這次不必再留情。」

游天龍道：「你！」

無情道：「請。」

游天龍想了想，掄棍吼道：「好！」

一棍打出，棍未至，人彈起，這迎面一棍，變成了在無情身後擊至！

可是就在他飛身掠過無情頭頂之際，無情一揚手。

一把砂子。

游天龍只覺眼前一黯，這先聲奪人的一擊，只好變成化攻爲守，身子斜飛丈外，待砂塵稍降，便要看清楚敵在何方，忽聞一聲冷哼，就在自己身後兩尺不到之處。

游天龍猛然回身，舉棍欲擊，忽頓住。

無情道：「打呀，還等什麼？」

游天龍一跺腳，放下了棍子，突目怒視無情。

無情道：「怎麼？」

游天龍氣呼呼的道：「服了。」

無情道：「不打了？」

游天龍道：「我不是你的對手，你要殺就殺吧。」

無情問：「你想死？」

游天龍道：「不想。」

無情道：「我要問你幾句話，你照實答，我可以饒你不死。」

游天龍哼道：「那要看是什麼樣的問題。」

無情道：「你的性命在我手裏，我要殺就殺，你不想死，就不能不答。」

「我是不想死。」游天龍道：「可是，我該死。你要殺我，我就當是現眼報，死了也無妨。」

無情不明白：「現眼報？」

游天龍坦然道：「我背叛了一眾兄弟，我本就該死！」

無情本來就是要問這事，當下以退爲進，「你要的是榮華富貴，高官厚祿，那些食古不化，只甘心當強盜的人，你當然要大義滅親了。」

「大義滅親？」游天龍卻光火了，「當年，我被官府逼得無路可去，是連雲寨收容了我，他們當我親如手足，大家有福同享，有難同當。我們雖然當強盜，但做的是扶弱濟貧的事，你看那些狗官們，弄得百姓受苦，民不聊生，這樣當官，只會欺壓人們，不如當強盜好！」

無情故意說：「既然如此，你又為何棄暗投明，加入官兵軍隊，剿滅連雲寨？」

游天龍恨恨地道：「都是上了顧大當家的當！」

無情道：「哦？」

游天龍握緊拳頭，道：「都恨我自己不好，聽信顧惜朝的話。」

無情道：「他說過些什麼？」

游天龍忽生戒備之意：「我為什麼要告訴你？你是誰？要知道這些幹什麼？」

無情淡淡地道：「你且別管我是誰。你說了，至多不過是一死，但如不說，立刻就得死；你本來就有愧於心，把它說出來才死，不是也死得磊落，死得英雄，死得瞑目麼！」

游天龍睜大雙眼，瞪住他一會兒後，才道：「他說，朝廷招安，原是要重用各寨主，但戚寨主和勞二寨主一意孤行，不肯受勸，他要我和七寨主助他促成此事，先發動兵變，再勸服大寨主和二寨主等。他跟我們說：與其成天在荒山野嶺忍飢受寒，淪為賊寇，不如效命朝廷，為國盡忠，更加事半功倍，名正言順得多了……」

他頓了頓又道：「他一向都較重用七寨主和我，又保證說日後連雲寨順利變成正規軍隊，他保我個兵馬大元帥做。何況……」他垂下了頭，「我是被逼落草，成爲官府通緝的巨盜，我也很希望有一日能衣錦還鄉，讓我那被人瞧不起的老母，在鄉親們面前能夠風光一番……」

無情淡淡地道：「所以你就出賣了戚少商？」

游天龍漲紅了臉，怒道：「我不知道他們會那麼絕，那麼狠，下手不留情——」

無情道：「你大可制止，或通風報訊，至少，可以在半途退出這個手足相殘的圈套啊。」

游天龍道：「那時我已身在其中，一舉一動，完全被孟老六監視，稍有異動，只怕大當家就會先把我除掉，我，我又能作什麼？」

無情一哂道：「瞧你神武豪勇，卻不料你也貪生怕死，賣友求榮！」

游天龍怒道：「你若要侮辱我，就把我殺了吧！」

無情道：「大丈夫敢作敢爲，你竟出賣同胞，給人數落了兩句，有什麼聽不得的！」

游天龍激怒地道：「你見我豪邁大膽，就以爲這種人不會出賣兄弟朋友了是不是？我告訴你，其實，像我們這種人，膽小的時候，比誰都膽小，怕事的時候，比誰都怕事，怕死的時候，比誰都怕死，出賣起人來的時候，誰都不敢置信，連被出賣的人，都以為像我們這樣子的人，不會做出那樣子的事！」

無情靜靜的在聽他說下去。

「在連雲寨裏，人人都說我和穆四寨主老實耿直，勇猛重義，但說多了，我自己就想，說的人光憑一張嘴巴就可以了，可是，一旦被冠上了這些名頭，就非要老實、耿直、勇猛、重義不可以！對任何事情，都要老老實實，否則，別人就大爲震訝；處事一定要耿直，不然，別人會大爲失望。遇到危險，必須要勇往直前；一定要以義氣爲重，否則別人就爲你搖頭嘆息。有時候，遇到一些事情，自己明明想自私一些兒，但不行，要以義氣爲重。有時候，前面明擺著凶多吉少，自己確也畏縮不前，但不成，我是勇猛出名，一定要衝鋒陷陣。有時候想討點便宜，取些便利，但一個老實耿直的人，又怎麼能做這種事呢？」游天龍苦笑道：「一個是我，一個是穆鳩平，我們都給困住了！可是我們解脫不掉這無形的枷鎖，穆老四比我好，他是一個真正忠實勇敢的人，他樂在其中，我呢？」

「第一，那不是真正的我，我也懦怯、自私、貪圖榮華富貴；第二，就算我做得再好，我也當不了像戚寨主這樣的領袖，就算連這種形象，也不能比穆鳩平做得成功！」游天龍厲聲問，「那我自己算是個什麼？」

無情道：「因此，你就甘於受顧惜朝的引誘，背叛連雲寨，出賣戚少商了？」

游天龍頹然道：「如果我知道後果是那麼嚴重，我也斷不會這樣做的，可是後來我已身不由己，就算放手不幹，戚寨主一旦復起，也不會放過我的，我只好一不做、二不休，幹到底了。」

無情淡淡地道：「你以忠厚老實、耿介英勇出名，只要你也出面反叛戚少商，自然很多人會相信你的話，跟從你的行動，看來戚少商從前那麼信任你，實在是他的失敗之處。」

游天龍坦然道：「不錯。若不是戚寨主在下山對抗官兵火槍隊前，把維繫寨裏安危的親兵交我統管，戚少商也不致給顧惜朝打個攻其不備，一敗塗地。」

無情道：「你能解散連雲寨精銳之師，並鼓勵叛變，想來戚少商也必有不是之處，使人不服，才致如此。」

游天龍冷笑道：「顧公子令下，誰敢不從？管仲一服大寨主，所以便被誅滅了。那個不服，只有死路。當然也有不怕死的，但十成中有二成貪生怕死，只好從了；二成貪富慕貴，趨炎附勢；有二成先被殲滅、制伏；還有兩成被調遠方，根本無法回援，多半給官兵剿滅；剩下兩成不到的人，被殺得措手不及，跟著大寨主長期逃亡，只怕也所剩無幾了。」

「大寨主確是個人材，二寨主與兄弟們共生同死，兄弟們都十分感念，可惜的是，他們只顧著全忠盡義，寧死不屈，卻不為大夥兒著想一下，這樣下去，兄弟們可有前途？大寨主再英明能幹，也只是個寨主，他掌管了數千兄弟的生殺大權，而一般兄弟，卻有的是什麼？作戰、戍守、流亡的馬上歲月，有誰不想過安定的生活？」

無情微微震訝於外表粗豪的游天龍，卻粗中有細，而且言談間顯示出他心思周密，點頭道：「你跟他們一起出身，就這一點上，的確可能要比戚少商更瞭解連雲寨下層弟兄的心態，可是，勞穴光呢？」

游天龍冷哼道：「二寨主一向服膺大寨主，他是大寨主的應聲蟲。」他搖搖首又道：「戚大哥雖然神武過人，但也不是完人，他風流倜儻，跟一些寨中的姐妹們，難免把持不住，一夕風流，這些女子，有些是日後成爲弟兄們的妻室，如此一來，顧老大便更加宣揚煽動，使得大寨主確實失了一些人心……」

無情忽截道：「戚少商跟這些寨中女子往來，可有不情願的成分？」

游天龍一怔，答：「這倒沒有。」

無情道：「可有分屬人妻，戚少商加以強佔？」

游天龍遲疑了一陣：「其實，那都是你情我願的事兒，只是在事後，女方總會歸咎是對方誘迫——」

無情截道：「這當然是顧惜朝離間的重點。」

游天龍冷哼道：「顧惜朝其實比戚少商起碼要不檢點十倍！」

無情道：「戚少商的到處留情，早已傳遍江湖，世間風流男子，多不勝數，憑此也不能定他的罪。」

游天龍道：「顧老大說過：要去征討一個人的時候，必須要先冠之以滔天大罪，以此惡名，這樣才可以興堂正之師，有很多方便。」

無情道：「除此以外，你還覺得戚少商有那些該殺之處？」

游天龍沉吟了一陣，說道：「你知道嗎？其實，我畢生最佩服的，只有一個人，便是戚少商。」他回憶而感觸良深地道：「他雖是權勢集一身，但處處關心部屬，冷暖溫飽，事事爲子弟著想。他要判一個人罪時，不惜心力交瘁明查暗訪，常想爲他翻案；無論任何不出色的弟兄來請他幫忙，他總義不容辭。他鍾愛一位部下的才幹時，比什麼都高興；他重用一個人才時，不會因過錯和讒言而有所改變。他真的把連雲寨一干苦人兒，當作自己的親生兄弟；半生裏，大部分時間精力，都耗在其間。」

游天龍長嘆一聲又道：「我知道，像他這種人，若爲了自己前程而盡全力，不管在朝在野，早就大富大貴，權力功名，享之不盡了。」

無情道：「可是，現在，他已是你們的敵人，你們已經失去他了。」

游天龍自嘲地一笑道：「我們不是他的敵人，我們沒有資格成爲他的敵人，顧惜朝才配當他的敵人。」他用譏誚的語調道：「沒有了他，連雲寨還算是連雲寨嗎？那只是強取豪奪的官府，多了一處變相的支部罷了。」

無情不再作聲。

游天龍又瞪住他：「你還想問些什麼？」

無情冷冷地掃了他一眼。

游天龍道：「你要殺我，便不需多考慮，我就當是叛忠背義，所應遭的報應。」

無情忽道：「你走吧。」

游天龍忽道：「你好像一直沒有站起來過。」

無情不說話。

游天龍道：「所以我已知道你是誰了，你的暗器手法，的確天下無雙，不過，我會當我自己不知道的。」他說這句話的神情，一點也不像個老粗了。

接著游天龍瞪了無情一眼。

深深地瞪他一眼。

然後就走。

這個鐵塔般的漢子，一旦邁步，只怕很難有什麼東西能叫他分心止步。

◇◇◇

游天龍走了之後，四劍僮又閃了出來。

他們站在無情身旁，誰也沒有說話。

無情平時偶爾也會跟他們有說有笑，甚至鬧作一團，但在無情肅然沉思的時候，任誰也不敢去驚擾他的思路。

良久，無情長吁了一口氣。

「我抓這個人，是爲了要從他的口裏，讓我作一個明智的抉擇。」

他沒有說出那是個怎麼樣的抉擇。

他只是問：「你們能不能告訴我，從我教你們那麼多的先例中，要真正的瞭解一個人，應該從那一些人的口中瞭解較爲可靠？」

這個問題對這四位仍未長大的小孩來說，是非常有趣的。

「從他朋友的口中，一個人的一言一行，他的朋友自然瞭解得最清楚。」

「從他親人的口中，一個人再能掩飾，他的真正個性，也瞞不過他至親的人。」

「從他敵人的口中，一個人的優點與缺點，從他的敵人眼裏，看得最細微清楚。」

「從不認識他的人口中，這些人根本不認識他，只從他言行裏得到印象，必定是最客觀的。」

四劍僮各有意見，而且都裝得非常成熟的樣子。

無情笑了。

他道：「好，那我們就去問問這兒的一處人家。」

可是他已經不用問了。

他看見三個人，走入這鄉間，然後走向一間較大的茅屋，走了進去。

無情從他們的裝束上看得出來，這三人正是連雲寨子弟，而且，還是跟游天龍一起留下來在樹林子裏的其中三人。

——他們來作什麼？

——是來找游天龍？還是找息大娘等人？或是來搜索自己的？

無情也想看看，他們進入那茅屋裏去作什麼？

五三　在空氣中消失

三名連雲寨的人，一腳踢開了門，闖入了那家茅屋。

茅屋的門一倒，屋裏有女人的驚呼，還有小孩的哭聲。

一個粗布婦人，抱著嬰孩，畏懼地道：「大爺……你們，又來做什麼？」

一名麻臉大漢怪笑道：「怎麼？我們不能來麼？」

另一名塌鼻大漢道：「我們連雲寨的人，高興來就來，高興怎樣就怎樣。」

他惡意地乾笑兩聲，葵扇大的手掌往木桌重重一拍，叱道：「快去，把韓老頭兒叫回來，不然，我殺了妳兒子，宰了妳家的豬，還姦了妳！」

那女人嚇得臉無人色，低著頭，緊抱著孩子，匆匆去了。

三人樂得哈哈大笑。

另一人道：「要不是這娘兒長得並不標緻，我看你早就不放過了！」

塌鼻大漢一捫鼻子，咳呸一聲，往地上吐一口濃痰，道：「老九，這倒不是假的，老子好久沒開齋，趁此樂上一樂，那婆娘真要把老子攪火了，管她嘴大皮粗的，咱們也要她叫死叫活！」

「可得小心一些。」那被喚作「老九」的漢子道：「自從咱們連雲寨換了新主兒，這些老百姓好像不怎麼賣咱們的情面。」

麻臉大漢粗聲罵道：「我賣他娘的！這些人都給姓戚的寵壞了，偌大的山寨，人家不給『紅臟』、『保銀』，還要我們終年庇護、分米派糧的，誰不撐著腰板子等咱們奉養！」

塌鼻子大漢又吐了一口唾液：「那好！咱們有顧大當家做靠山，他們吃下去的都要他們吐出來！」

老九道：「只怕這些人不聽話。」

塌鼻大漢伸手自背後拔出一柄大刀，把刀往桌面「拍」地一放，道：「誰不聽話，我就一刀一個，殺了反正也不怕官府追究！」

這時，門口來了幾人，都是農人裝扮，粗布上都沾黏泥濘，東一塊，西一塊的，荷著鋤頭，其中一個，年紀很大，其餘兩個是中年人，還有三個青年，可能因耕作維生之故，都很高大結實。

那個驚惶未消的女人用手往屋裏一指，道：「就是他們。」

麻臉大漢一看來人，便道：「嗳，韓老頭兒，你回來得正好，安樂里進貢的五兩銀子，七口豬，六隻羊，三頭牛，可都準備好了沒有？」

幾名農夫面面相覷。

其中一名中年農夫怒道：「什麼？先時不是只要五口豬，兩頭牛，那有六隻羊這一樁？」

麻臉怪漢笑道：「六隻羊？那是給咱們三兄弟的茶錢路費呀！咱們爲你們這些區區貢品，往來了幾次，你們送六隻羊來，也是天經地義！」

老九笑嘻嘻接道：「識相的把雞呀鵝呀鴨呀什麼的，都抓幾隻來，給爺們帶走。」

塌鼻漢眉開眼笑地道：「還有，還有，你們村裏不是有個叫什麼來娣的標緻娘兒，也得送來讓咱們樂上一樂，這才不枉費了爺兒爲你們保護財物人命的大功大德！」

「我呸！」一名莊稼漢道：「這兒一向平安，幾時出過事情，都是你們這班人來攪擾，村裏已經起了幾宗人命，還有顏臉來討什麼貢品紅贓！」

這人性子十分衝動，他身旁的幾人連忙制止。

麻皮漢臉色一沉，叉腰道：「哦，你們這算什麼？不認賬了？」

一名青年大聲道：「我們又沒欠賬，憑什麼要我們認賬！」

「就憑這個！」麻臉漢刷地一刀，把桌子一砍兩爿，揮刀指著門口幾人道：「你們要敢不給，就是反抗連雲寨，咱們連雲寨一向是順我者昌，逆我者亡，不怕死的儘管不交！」

一名莊稼心平氣和地道：「這位大哥，以前連雲寨都沒這些規例，戚寨主一向都很照顧咱們，怎麼現在全變了樣呢？」

塌鼻漢一聽人提起戚少商，更加怒不可遏，躍上前迎面一拳，把那莊稼漢打得捂臉踣地，鼻血長流，「什麼戚寨主不戚寨主的！現在只有顧大當家，沒有戚什麼寨主！」

老九卻覺得惡名不妨由別人頂替，便接塌鼻漢的話說下去，「我們就是戚寨主派來的，他要你們交白銀獻貢禮，我們也沒辦法！」

那幾個農人雖然長得結實，但對武功是一竅不通，塌鼻漢閃身掠近，出擊命中，他們全無法抵擋，知道決不是這幾人之敵，心中都怒不敢言。

痳皮漢怪眼一翻，道：「怎樣？你們交是不交？」

那韓老爹道：「三位好漢，請高抬貴手，我們不是不交，而是最近收成實在不好，貢禮又那麼多，我們怎交得起？」

痳皮漢嘿地一笑：「交不起？交不起我們就要放火燒你們的田，看你們交是不交？」

幾名青年都忍無可忍，韓老爹道：「你們忒也霸道……能不能，通融一下，少收一些？」

塌鼻漢笑道：「可也！不過，要把那個來娣姑娘一併奉上，咱三人要是滿意，那就不跟你們多作計較！」

那名極易衝動的莊稼漢怒吼道：「你們這算什麼！無法無天，強欺良民，從前連雲寨豈是這個樣子的——」

塌鼻漢臉色一變，一刀砍去，幾名莊稼漢揮動鋤具反擊，這幾人雖不會武功，但含忿出手，塌鼻漢竟一時有些招架不住，老九與麻皮漢雙雙撲出，拳打腳踢，把幾人擊倒，塌鼻漢一把扭住那火氣大脾性躁的漢子，騎在他的背上，揮刀獰笑道：「我先宰了你，好教人看看不聽話的人如何下場——」揮刀就要砍下，眼前突然多了兩個孩童。

這兩名小僮，樣子十分可愛，紮著沖天小辮子，雙眼圓骨溜、黑烏烏的，唇紅齒白，雙頰撲紅，塌鼻漢一怔，怎麼會突然自天而降一對仙童？這一刀倒沒立即斫得下去。

這兩名童子側頭望著他，他也側首望著兩名童子，望得頭都歪了。

其中一名伶俐的童子說：「你們三人，實在太壞了，怎麼這樣欺負好人？」

「什麼！」塌鼻漢爲之氣煞，幾曾被一個小孩子這般指著痛斥過？

另一個靈巧的孩童則道：「這是你們最後機會，滾吧！」

塌鼻漢忍無可忍，叱道：「無知小兒，再不讓開，我一刀殺了！」

兩個童子卻笑道：「我們不怕，你殺吧！」

麻皮漢和老九伸出大手，要把兩個小孩像貓一般地拎出去。

就在此時，劍光閃動！

劍光並不太亮。

但極快。

麻臉漢、塌鼻漢和老九要想招架防禦時，左邊小僮的鐵劍，已割下了麻臉漢的右耳，再斬斷了老九的左手指，而銅劍先刺瞎塌鼻漢一隻左眼，再斬掉麻臉漢左耳，然後兩劍交叉，錚地一響，收劍回鞘，拍拍手掌，像拍掉身上的灰塵一般，在三人負傷慘嗚中說道：

「我家公子說，你們罪當處斬，但如果並未出手砍殺我倆，則可免一死。」

「我家公子叫你們告訴顧惜朝，不要再假冒戚少商之名作惡，否則王子犯法，與民同罪。」

那干鄉民萬未料到這一對粉雕玉琢似的孩童，武功如此之高，劍術如此之好，而出手竟又這般狠辣，都嘖嘖稱奇不已，韓老爹不禁問道：「你們家公子究竟是什麼人啊？」

銅劍道：「你們聽說過四大名捕嗎？」

鐵劍道：「我家主人就是無情公子。」

這一群莊稼漢，畢生都難得進城一趟，除了韓老爹曾略聞「四大名捕」之威名外，餘人大都不知「無情」是何方神聖。

可是那三名負傷的大漢，一聽到「無情」二字，連呻吟都吞回喉嚨裏了。

斷手的拾手，眇目的遮眼，兩頰淌血的捂住雙耳，溜之大吉──事後他們只有慶幸：幸虧那天出手的不是無情！

──要是無情親自出手，他們要想活命，只怕也是下輩子的事。

鐵劍與銅劍，便在此時與無情及兩位師兄分手的。

無情親眼目睹這一切事情。

他看出顧惜朝、黃金鱗與文張三人之間表面是共同對敵，內裏勾心鬥角。顧惜朝想藉滅「連雲寨」來鞏固自己的地位，突出自己在朝野間的成就；黃金鱗是敉亂總指揮，文張是敉亂督察使，一受命於天子，一爲傅丞相效命，各有爭功之心。

游天龍更是連雲寨九大當家之一，後來背叛了戚少商，無情劫持他，便是要從他的口中，瞭解戚少商是怎麼一個人，連雲寨是怎樣的一個組織。

而今，他又從這三個連雲寨「叛徒」的行爲裏，明白了連雲寨今昔作風的對照。

他吩咐鐵劍與銅劍「處理」那三個欺壓百姓的人，而他自己，決定帶金劍與銀劍，去做一件事：

追劉獨峰！

——戚少商不該被捕。

很多汪洋大盜，窮兇極惡的人，看到無情，知道他手段冷酷，處事狠辣，都嚇得雙腳打顫，就像老鼠遇著了貓，能逃得了性命已算僥天之幸。

可是無情只殺該殺的人。

他知道戚少商並不該死。

他更加明白，只要戚少商一旦被押回京師，則非送命不可——傅宗書要他死，誰也保他不住。

所以他要去追劉獨峰，希望能說服他，勸他放走戚少商。

——劉獨峰會答應嗎？

這簡直是不可能的事。

——能追得上劉獨峰嗎？

無情全無把握。

但是他只知道一點：該做的事，便一定要去做。

雖然，他跟戚少商並沒有交情，也不想有劉獨峰這樣的敵人！

追蹤劉獨峰，絕對是件吃力而不討好、而且容易毫無結果的事。

劉獨峰出身世家，貴爲望族，養尊處優，錦衣美食，就算早年行走江湖，也是僕從如雲，華夏香車，聲勢浩大，排場威皇，但這一次，劉獨峰幾經艱辛，方才捕獲戚少商，身邊六名高手忠僕，折損其四，顯然使到劉獨峰深自警惕；無情沿著劉獨峰必經之處，已然追出兩百餘里，仍是全無劉獨峰一行四人的蹤跡！

無情深知劉獨峰一向講究排場氣派，而且出身貴介，但他畢竟是捕快中最卓絕的前輩人物。如果刻意要避免招搖，隱蔽身分，除非是三師弟追命親至，否則，要追搜出他的行藏，只怕希望甚渺。

無情並不氣餒。

他又追出百餘里。

無情本身功力甚弱，輕功雖高，身法再快，但惜無長力，以他來追蹤劉獨峰，自然無法持久；一般情形，都是由金劍和銀劍用竹竿架負他趕路，金、銀二劍還是孩童，內力也並不深厚，無論再怎麼快，也打了折扣，而且時時需要休息。如此一來，無情心中難免懷疑，可能自己已被劉獨峰一行人所遠遠拋離了！

所以，他更不分晝夜的疾行趕路，一路追查，但仍舊音訊全無。

無情在逼於無奈的情形下，做了一件事。

他要金劍和銀劍，在每一處衙門官府，出示「平亂玦」。

「平亂玦」是御賜的玉玦，四大名捕曾跟隨諸葛先生爲朝廷立過敉平大功，所以四人手上，都有「平亂玦」，一旦將此玉玦出示，地方官員和軍隊，一定要給予最大的配合與調度。四大名捕在江湖上行走，一向極少用到「平亂玦」，不想仗兵權官威行事，反教江湖中人看不起。

無情這次動用「平亂玦」，只是打聽一件事。

——可有發現劉獨峰的行蹤？

無情算準劉獨峰返京路途，原以爲一定會有所發現，但一無所獲。他只要出示「平亂玦」，大小地方州鄉官員，莫不俯首聽命，明查暗訪，尤其六扇門中的捕役衙差，本來就對「四大名捕」久聞其名，而今知道無情親自重託，都四出偵察，望能受無情器重，立功揚名，不過，到頭來，仍是白忙一場。

——劉獨峰究竟去了哪裏？

無情經過一番深思，知道劉獨峰生怕戚少商的黨羽好友來救，提防鐵手或自己出手謀救，所以隱伏行藏，使人無法追查得知。

自己喬裝打扮，晝伏夜行，倒非難事，但是要押著一個身懷絕技的獨臂犯人，要完全避人耳目，決非是件輕易事。

——劉獨峰是用什麼辦法來遮掩行藏的呢？

不管他用的是什麼辦法，以劉獨峰慣於享受、安於逸樂的性子，如此藏伏趕路，都是一件大逆常情的事——劉獨峰爲安全計而出此下策，堅忍負重，無情是十分佩服的。

這使得他益發堅決要查出劉獨峰的下落。

他本來要追捕周笑笑和惠千紫一事，反而耽擱了下來。如此行行重行行，已趕了近五百里路，超過了七日的行程，仍是一無所獲，倒是劉獨峰初時追緝戚少商等人的訊息，許多人都能提供，但對他回返的行程，卻無人知曉。

——難道這一行人在空氣中消失了不成？

五四 螞蟻記

這一日，無情來到比較靠近碎雲淵的一處叫做土坑的地方，這小鎮只有五、六百戶人，以種稻麥為生；此處嗇夫里吏，極少入城見世面之故，孤陋寡聞，連四大名捕是什麼人，只怕也沒聽說過，問起劉獨峰這一行人，他們倒有訊息。

他們有的卻是昔日劉獨峰剛到的時候，攻破毀諾城，追擊息大娘等人的消息。

這兒一帶的人對毀諾城的女子顯然很有好感，對劉獨峰「助紂為虐」覆滅毀諾城的作為，是不予好評，只不過這一路上，大多數的人都「敢怒不敢言」，土坑鎮的人則較樸直，見無情打探行蹤，都很不樂意相告。

至於毀諾城慘遭荼毒，官兵如狼似虎的劣行，鄉民提起此事，莫不咬牙切齒。

無情聽在心裏，也感沉重，官兵軍隊如此無法無天，怎能治理好天下？

有一名衙差還充滿敵意地道：「這位公子爺，你要打探官爺押解犯人的事，小的實在不知道，就算知道，也輪不到小的知道，不過，那些官爺們從連雲寨打到碎雲淵，他們的馬，踏壞了我們的秧，他們的腳步，踩壞了我們的苗，他們還放一把大火，燒了我們的田，還抓了我們的婦女，吃盡我們的乾糧，這些案子，呈報上去，鄉紳的爺們不理，縣衙的爺們也不理，這又怎麼處理？」

無情頓感無辭以對。

另外一名差役猶有餘忿，道：「五重溪的一大片稻田，全給燒毀了，還有幾具屍體，有一具身子全埋在土裏，只剩下頭露土外，五官都被燒焦了，火是官兵放的，這是怎麼一回事？就算處決犯人，也不須用這等酷刑，並要咱們一大塊熟了的稻米也賠上去！」

一名老捕役感嘆地道：「早知道這樣，這次我們就提早幾天收割，就不致今年入冬便要捱餓了。」

無情聽得心裏一動，道：「被埋在土裏燒焦的人可知是誰？」

衙役道：「我們怎麼知道？五官燒焦，辨認不出了，就是他父母前來，也保教他們認不出這是誰。」

那老捕役忽道：「在他屍首旁，倒有一支被燒得變了色的金槍。」

衙役笑道：「要不是烤褪了色，這支金槍又怎會留在那裏？早給那些強盜都不如的官——咳，那些人，撿走了。」

無情心頭一動，即問：「那支槍在何處？」

老捕役道：「公子爺要檢查凶器？」

衙役哼哼地道：「公子爺要這柄金槍，拿去也無妨，咱們這兒，地僻人窮，可沒有什麼好孝敬的。」

無情語音一整，道：「各位，我這次來，旨在查案。官兵罔視國法，殘民放肆，我一旦證據齊集，定必舉報，繩之於法，請諸位萬勿因害群之馬，而怨懟於朝廷。我是個殘廢的人，千里迢迢來查案，爲的是弄清楚，其中有無冤情，須否平反，否則千里往來，風塵僕僕，又何苦來哉？我雙腿已廢，高官厚祿，榮華富貴，對我又有何用？望諸位仗義相助，以匡國法，成某人感激不盡。」

這干差役聽無情如此誠懇直言，又見他真的下身殘廢，爲之感動，都嚴肅認真了起來，帶他進入班房，端出長槍，讓無情過目。

無情仔細視察金槍，見槍身雖已變色，的確是用純金鑲裹，此槍鋒鏃作波曲狀，更特別的是，槍尖已脫離槍，連著一條幼細的鐵鍊，內有機括，雖然是使槍者已在格鬥中放出槍尖，暗算敵手，但在金槍脫手時，定必十分倉促，以致尚未將槍尖安裝回桿上去。

無情向諸人道：「可否勞駕諸位，帶我們到現場看看？」

老捕役等人都說：「好。」

金劍在路上悄聲問無情：「公子，這槍有什麼蹊蹺？」

無情道：「這槍沒什麼特別，只是使用這柄槍的人，如果我沒料錯，便是連雲寨的七寨主孟有威。」

銀劍接問：「孟有威？『金蛇槍』孟有威的手上金槍，怎會離手？」

無情道：「所以我懷疑孟有威已被燒死，否則，大火滅後，他大可回來尋回金槍的。能令孟有威命喪的戰役，自然應該去看看。」

於是他們到了八重溪。

時近黃昏。

無情請諸差役先回鄉鎮，也囑金、銀二劍，到溪邊去掐蝦抓魚作樂。他則自己一人在曠野上沉思。

與其說是曠野，不如說是一大片燒焦了的田野。

一大片昏鴉掠過上空，或許牠們在前些日子還棲息在稻田間，但而今稻草已被燒個乾淨，昏鴉無處可棲，唯啞啞嗚叫。

天際殘霞如赭。

四野蒼茫，遠處五重溪映如金帶。

燒剩的殘根，燒焦的枯燼，使得這四周都有一種焦辛的味道。

被火燒過的地方，都有這種歷劫的遺味。

這樣一片土地，就算能再翻種，起碼也要三、四年後的事了，一片肥沃的土地，給一把火燒成這個樣子，難怪鄉民們無不惋惜。

無情長嘆一聲。

他望著殘霞、歸鴉、以及遠方金光閃閃的河流，心中可一點頭緒也沒有。

聽說這塊焦土上，曾發現一男一女相擁的屍首，但後來被「那一干官爺們挫骨揚灰」，屍骨全無。

這使無情心裏有一個想法：看來，黃金鱗、顧惜朝等人曾在此地全力圍捕犯人中的高手，以致損失了孟有威，但犯人中也有一男一女兩大高手喪命於此。

——這一男一女，既然不是戚少商與息大娘，那麼，會是誰呢？

無情也在這段日子裏，逐漸弄清楚了：江南霹靂堂分堂堂主雷捲，還有年輕一輩的出色人物沈邊兒，還有毀諾城的唐二娘、秦三娘，也捲入這場腥風血雨之中。

如果這地方只是顧惜朝集團與息大娘的人火併之處，那麼，與劉獨峰押解戚少商無關，自己算是白來一趟了。

無情心中忽然生起一個奇怪的意念，他是向那一對被燒死的男女默禱：如果他們真的是同情支持戚少商的友人之英魂，請讓他能夠掌握線索，救走戚少商。

無情如此默念了一會，也沒有什麼靈感，只是晚照愈來愈黯淡，霞色愈來愈深艷罷了。其實，他也不求有什麼結果，低首沉思了一會，正想回去，忽然，腿腰之間，疼了一下，像給什麼東西螫了一下似的。

他開始還以爲是蚊子，伸手一捏，才知道是隻螞蟻。

他坐在木輪車上，螞蟻沿著輪車，爬上了幾隻，是一些紅頭火蟻，螫人特別疼痛。

無情也並不在意。

他甚至連那隻螞蟻都沒有捏死。

他只輕輕揮指，彈掉那隻螞蟻。那只不過是一隻小小的螞蟻。

地上還有許多螞蟻，正排成一個行軍的陣勢一般的，往灰燼堆裏蜿蜒而去。

由於無情稍稍移動了這一下，有好幾隻戰鬥力強，警覺性高的螞蟻，都停了下來，抬頭昂身，觸鬚交剪磨動著，似乎是要用這種姿勢來阻嚇敵人的侵犯。

無情不覺莞爾。

他發覺這些螞蟻正抬著一隻死去的壁虎，往蟻洞裏爬去，十分有規律、守秩序。

有一隻蟑螂，一隻爪子被一隻螞蟻噬住，牠抖不掉，第二隻螞蟻又纏上了牠，牠抖動再三，還是甩不開。

這就注定了牠的噩運。

螞蟻群擁而至，終於把牠噬伏。

蟑螂身上都鋪滿了螞蟻，然後小螞蟻又同心協力，拉鬚的拉鬚，抬腿的抬腿，把偌大蟑螂的身子推動，拖回蟻穴裏去。

無情忽然覺得很佩服。

這些小生命的戰鬥力頑強勇猛，而且團結合作，遠超乎人類。

他心中除了感歎之外，還有一些什麼，但卻不怎麼爲意。

他隱約聽到遠處傳來金劍和銀劍傳來嬉戲的聲音，覺得很安慰。

他遣金銀雙劍去溪邊玩耍，便是不想這些孩子太過沉悶，這該是他們嬉鬧玩樂的時候，然而，他卻教了他們狠辣的劍法、武功，以及對付成年人奸詐之心、應變之法，這實在都使孩童的心理負擔過重了。

他自幼失雙親，身患殘傷，任何在別人來說是輕而易舉的事，自己卻要花十倍八倍的苦功才能達到；他爲報答諸葛先生，很早就少年志成，爲諸葛先生分憂解勞，所以未曾享受過多少兒時的樂趣，他當然不欲四劍僮步入他的後塵。

四劍僮本是遭人擄劫拐帶的孩童，無情因偵破一案，把他們救出後，收養教誨，才學得一身本領。無情因內息走岔，雙腿已廢，既精習暗器，可在遠距離防身，便無法兼通劍術，他把劍法盡皆傳授給四劍僮。

他跟四劍僮已經不只是主僕的關係，而且有一種至深的真情，他自己已深知吃公門飯的，就算是六扇門中的第一把好手，生活也並不安定，常在刀口舐血的日子裏過活，隨時都有生命的危險，所以他希望俟四僮長大後，退出江湖，出仕或從商，總而言之，有安穩的生活才是至爲重要的。

而他自己呢？

他是個殘廢的人，天生就不幸與寂寞。

可是他偏偏害怕寂寞，怕不快樂。

他回想三個同門師兄弟，本來也是在江湖涉險裏過活，熱鬧但寂寞，多變而過，不過，近來卻有了變化。

冷血跟習玫紅是一對歡喜冤家。

鐵手跟小珍一剛一柔，正是一對令人羨煞的愛侶。

追命與離離的苦戀，便似酒入愁腸愁更愁。

只有自己……

無情無奈地苦笑一下：他難動真情，一旦動情，則永難磨滅。他跟姬瑤花一場由愛轉恨的感情，已使他飽受創傷。

人總是要有一個安棲之所的，他希望日後四劍僮都比他幸運。

想到這裏，心頭忽又是一動。

人的思想有時候是很奇怪的，偶然會有刹那的靈感，但又不易捕捉，輕易溜走，不容易回想得起來。

無情也在奇怪：那是什麼事情？已經是第二次浮現了，通常，那是極重要的發現，才會有這種情形，可是，究竟那是個什麼樣的意念呢？

他憶起剛才思索的事情，盡可能聯想起一些相關的東西；通常，一個人要喚起自己的記憶，這是一個較爲有效的法子。

「……人總是要有個安棲之處的——」他剛才曾想到這一句話，那念頭就一閃而過，難道，那意念跟這句話有什麼關係不成？

他突然明白了。

——螞蟻！

他的腰脊立即挺直起來。

通常，他遇上大敵、或處理要務時，都有這種繃緊的反應。

他剛才思索的時候，眼睛不自覺的凝視螞蟻的行列，想到這句話。——「人總是要有個安棲之所的」，螞蟻，也正往它們的「安棲之所」行去。

本來，這並無特異之處，可是，一處剛經過大火燒得一乾二淨的所在，又怎麼會有蟻穴呢？

——螞蟻怎麼會選在火神肆掠過的地方建穴？

——螞蟻的巢穴，總是離可以覓食物的地方不遠，何況，這祝融肆威之處，居然還有壁虎和蟑螂！

——本來，這些爬蟲集處的地方，應該是食物貯藏之地才是！

——可是，這兒在幾天之前，被一把大火燒得什麼都不剩！

——這是什麼道理呢?

無情循著螞蟻的路向跟去，只見一處廢墟，倒著幾根燒焦的樑木，顯然在大火之前，有一間小屋便是建在這裏。

屋子早在大火裏燒得箇什麼也不留。

螞蟻的行列卻鑽入黑土裏。

——難道下面是另外一個世界?

無情立即採取行動。

他推斷出從前這兒，是一大片稻田，屋子建在這裏，多半會怎麼一個位置，再從殘餘的樑木中推算出這屋子原來的方位與陳設，然後，很快地找到一處重心。

無情在四大名捕中，原就精通奇門遁甲、五行佈陣，所以，很快便能判斷出：假使要在此處闢一地道，而又要能隔斷火燄，水源自給的話，會設在何處。

他已找到了那個地方。

然後用了三種手法，五種手段，終於把一大堆雜物清除，掀開了一塊已被烤燒但仍緊閤的鐵片。

他才掀開鐵皮，一道刀光，迎面飛到!

無情精於暗器。

無情善於應變。

他在揭這塊鐵皮時，也暗自警戒。

他的輕功奇佳，一有異動，立時就翻退而去。

可是，這一道刀光之快、之奇、之銳，令他完全不及應變，不及招架，不及退避！

他的手仍扣著鐵皮，突然往下一壓！

這刹那間鐵皮遽沉，加上機括本身的彈力，驟然而及時地蓋下！

「崩」！

刀破鐵皮而出，露出尺長的一截刀尖！

這鐵皮足有近半寸厚，雖經大火燒過，但鐵質無損，地底下那人的一刀，竟有如斯威力！

刀夾在鐵皮破洞裏，刀尖離他鼻尖不及一寸！

無情知道自己無疑是在閻羅殿裏打了一個轉回來。

他畢生歷經無數戰役，但這一刀之險，委實向所未遇！

要不是自己雙手仍扣著鐵皮，這一刀，就斷斷避不過去！

他長吸一口氣，道：

「好功力！」

他卻不讚暗器快、刀法好！

如果那人擅刀法，精於暗器，此刻，他已永遠沒有辦法再說出任何一句話來。

五五　太陽下去明朝依樣

無情又長吸一口氣，才能平定乍死還生的震動，他揚聲道：「尊駕何人？在下不知下面有人，大膽冒犯，還請現身相見。」

地底下沒有人回應。

無情等了一陣子，他趺坐在殘爐之中，白袍萎地，狀甚安詳。

暮色漸漸降落。

無情又道：「這地穴出入口雖不易強入，但如我要攻破，並不是難事。天圓如張蓋，地方如棋局。此穴暮入陰中，東壁四度，若用炸藥，全室必致塌毀，閣下恐難身免。至於四角的通風口，若加以封閉，也不是件難事，閣下不是要逼我如此吧？」

久久，只聞烏鴉偶一兩飛落在殘爐之地，但無回音。

無情微一皺眉，問：「尊駕是不肯相信在下所言？」

忽聽遠處「呀」的一聲，接出「錚錚」二響急速出劍的嘯風，無情臉色倏變：不好！原來這地下石室，還另有甬道，室內之人，已乘他說話之時，潛離地底，卻教金銀二劍發現，動上手了！

無情知道敵人武功極高，內力深厚，金劍銀劍絕不是其敵手，雙掌往地上一按，正轉身彈出！

就在他的注意力剛離開鐵皮，轉身離去的剎那，「砰」地鐵皮被一掌震開！

無情已不及回身！

他藉雙掌一按之力低頭疾衝了出去！

一縷指風，破空急射，嘯地自他頭上掠過！

他頭上的儒巾飄落下來！

頭髮披落在肩上。

無情仍是沒有回身。

他雙腿轉動不便，而他知道在他背後的，肯定是第一流的勁敵。

剛才如果他先回過身來才應敵，那一指早就洞穿了他的額頭。

後面的人，早已竄了上來。

那人似也沒想到對方居然躲得了他這一指。

無情心急。

但他沒有回身。

這一回身，可能就永遠翻不了身。

他急的是心懸於金銀雙劍的安危。

隔了半晌，那人輕咳一聲，道：「好快。」

無情道：「太陽落得好快？」

暮色卻已十分沉重，昏黃的夕陽，隔著燒焦的木柱照進來，很有一種荒涼的感覺。

那人道：「兩次你都閃躲得快。」

無情道：「你的指法也很快。」

那人咳嗽，咳得好一會，有些氣喘，氣咻咻地道：「我不知道你的腿……」

無情挺直了背脊。

那人頓了一下，才接道：「要是我知道，我就不致要暗算你。」

他一字一句地道：「我們可以公平的決一死戰。」

無情冷著臉孔道：「沒有什麼公不公平的！你暗算我，也沒能殺死我。」

那人淡淡地道：「以剛才的情形，我尚不能得手，我的武功，只怕不及你。但是我佔了三個便宜。」

無情道：「你有腿，我無腿。」

那人道：「我在你背後。」

無情道：「還有呢？」

那人一拍手掌。

無情身前丈遠之處，就出現一個女子。

女子皓腕上掣著一把刀。

刀架在兩個孩子的脖子上。

兩個小孩當然就是金劍與銀劍。

金劍與銀劍的眸子，都有點害怕的神情。

他們不是怕死，而是怕無情責怪。

押著他們的女子，在暮色裏，眉毛像兩把黑色的小刀，眼睛利得似兩道劍。

秀麗的刀。

美麗的劍。

這女子的英氣在暮色裏分外濃。

無情一點也不輕視這個女子。

她能夠在片刻間制伏金銀雙劍，武功自然是高。

他看得出金銀雙劍並沒有受到什麼傷害。

他沒有動容，但心已被牽動。

他待四劍僮猶如兄弟、手足。

後面的人並沒有看見他的臉，但彷彿已瞭解他脆弱的內心。「這是你的手下？」

無情淡淡地道：「這就是你佔的第三個便宜？」

「不是。」那人斬釘截鐵的道：「我不會用他們來威脅你，不過，我們有兩個人，你一個。」

無情靜了半晌，才一字一句地道：

「有一句話，我要告訴你。」

那人道：「請說。」

無情道：「你一個便宜都佔不了。」

話一說完，兩道激光，電射而出，一前一後，快得連聲音也沒有！

◇◇◇

背後的人明知道無情會出手，他早已有防備。

可是就算他有防備，一樣無法應付這樣快疾無倫的暗器！

厲芒一閃的剎那，他已全身拔起！

可是他拔起得快，暗器卻半空一折，往上射來，閃電般到了胸口！

他姆食二指一屈一伸，「拍」地彈在暗器上！

他彈出這一指之際，還不知道是什麼暗器，當手指與暗器相接的剎那，他已知道那是一把刀。

一柄薄刀！

他這一彈，是畢生功力所聚，彈在暗器上，暗器哧地激飛，但突然之間，他頭上一根燒焦了的柱子，和著石屑，塌了下來，當頭砸到！

他馬上雙掌一架，斜掠而去，這瞬息間，他知道那一把飛刀雖被他彈飛，但對方把一切應變、方向和力道，計算得釐毫不失，飛刀旁射時，切斷了原已燒成焦炭的柱子，向他塌壓了下來。

他足尖落地，放眼望去，場中局勢已然大變。

無情的另外一枚暗器，已在那女子未及有任何行動之前，打飛了她手中的單刀，同時間，他已飛身過去，護住了金銀二劍，並替他們解了穴道。

待那人落地時，無情已扳回了大局，望定向他。

無情道：「是不是？我說你一件便宜都沒有佔。」

那人終於看清楚無情的形貌，冷沉地道：「你是無情，四大名捕的無情！」這樣的殘障，這樣的年紀，這樣的暗器，這樣的輕功，武林中，再也不會有第二個人。

無情道：「如果你不是重創未癒，我這道暗器，未必能攔得住你，雷堂主。」

那人一震，苦笑道：「看來江湖上滿臉病容，身子羸弱的人，真不算多。」

無情道：「半指挽強弩，一指定乾坤，閣下在此時此境此地，還裹了件大毛裘，要不是雷堂主，還有誰能彈指間震落在下的暗器？」

雷捲苦笑道：「你既已算準我接得下你這一刀，所以才利用我這一指之力，刀斷殘柱，阻我撲前，也就是說，早在回身之前，已知道我是誰了。」

無情道：「轉身以前，我只是猜臆，未能斷定。」

雷捲道：「要是我不是雷捲，接不下你這一道暗器呢？」

無情道：「那我會發出更快的暗器，擊落我這把飛刀。」

雷捲長嘆道：「原來你還有更快的暗器。你沒有施放暗器以前，我也猜是你，但也不能肯定。」他喃喃自語道：「他們果然派四大名捕來。」

無情回身道：「我正要找你。這位是毀諾城的當家吧？」

那女子聲音低沉，眼見這無腿青年在舉手投足間擊落了她手中的單刀，搶回了金銀二劍，但毫無懼意：「我姓唐，唐二娘，唐晚詞就是我，大捕頭，你要拿人，就請便。」

無情搖首道：「我爲什麼要抓妳？」

唐晚詞盯著他道：「你要抓人，何須問犯人理由！」她緩緩把手腕舉近頰前，用鮮紅的唇，吸吮皓腕上鮮紅的血。

無情剛才用一葉飛刀，飛射在刀柄上，震落了她手上的刀，虎口滲出血漬。

無情看著她吸吮傷口的神情，心頭突然有些震盪，好像風拂過，一朵花在枝頭摧落。他從未見過這樣一雙凌厲的眼神，但美麗深刻得令人連心都痛了起來。

這使得無情突然憶起了一些不欲憶起的事：

——姬瑤花臨死前，被濃煙薰過、被淚水洗過的眼睛。

這使得他一時忘了回應唐晚詞的話。

雷捲突然發出一聲舖天捲地的大喝。

雷捲瘦削、蒼白、身子常半裹在厚厚的大毛毯裏，看來弱不禁風。

可是他那一聲大喝，如同焦雷在耳畔乍響，連無情也不禁爲之一震，金銀雙劍，一齊坐倒。

雷捲衣風獵獵，飛撲而至。

無情霍然回身，他要應付雷捲飛身撲來，至少有十七種方法，可是，他必須要弄清楚，雷捲撲將過來的目的是什麼？

撲過來的目的只可能有二：一是要攻擊自己；二是自己所佔的位置剛好切斷了雷捲和唐晚詞聯手的死角，雷捲要硬闖過去與唐晚詞會合，這樣會較方便保護唐晚詞，也方便與唐晚詞合力攻襲自己。

如果是第一種目的，他是非予以截擊不可。

要是第二種目的，他要不要出手呢？

他在一猶豫間，忽見眼前一空，半空的毛裘已收了回去，雷捲根本沒有移動過半步，唐晚詞已掠至雷捲身畔。

——原來雷捲根本沒有動過。

——他是用毛裘遮掩，讓對方以爲他已發動攻勢，其實是讓唐晚詞潛了過來。

——這是掩耳盜鈴之法，要是剛才無情對毛裘錯誤的發動攻擊，那反而被雷捲有機可趁。

雷捲已跟唐晚詞在一起。

他心裏生了一種很奇怪的感覺，這感覺便是：彷彿他們兩人只要在一起，就算死，也不覺有什麼遺憾了。

他知道眼前的對手是當今最難應付的十個人中之一。雖然他自己年輕、殘廢、不會武功，但他心中難應付的人和事一向很少。奇少。

雷捲與唐晚詞深深地對望了一眼。

雷捲深深地吸了一口氣，道：「好定力。」他是指剛才無情覷出空門，卻仍沒有貿然發動攻勢。

無情道：「我沒有看破，而且我還沒有決定如何應付。」

雷捲道：「你現在已可想出如何對付我們的法子了？」

無情截然道：「我根本就不想對付你們。」

雷捲和唐晚詞俱是一怔。

雷捲道：「可是，全天下的官兵、軍隊、捕快、衙差，都在緝拿我們。」

無情道：「他們是他們，我是我。」

雷捲忽向唐晚詞道：「我初聽說鐵二捕頭仗義援助戚少商他們，本也並不怎麼相信；江湖人說：四大名捕身出公門，但完全照江湖義氣、武林規矩行事。我原也不如何相信，而今，」他的身子又往毛裘裏瑟縮了一下，道：「不到我不相信。原來，那些人是那些人，四大名捕是四大名捕。」

無情道：「你想不想知道你那干朋友的下落？」

雷捲和唐晚詞都沒有答話。

他們的神情比千言萬語都說得還要多。

一個真正注重友情的人，無論受盡打擊，都不能磨滅對朋友的關注。

無情道：「戚少商已被劉獨峰抓走。息大娘與赫連春水等一干人，退到青天寨去，暫時應尚無凶險。」

唐晚詞笑了起來。

她的樣子像暮色一般成熟，是個濃艷且有魅力的婦人，可是她開心的時候，又像是個小女孩一般。

她好開心。

她一個箭步跑到無情身邊，好像想一把抱住他似的，又跳回雷捲身邊，沙嘎著聲地笑著，開心地對無情道：「大娘沒事，你真是個好人。」

雷捲卻咳嗽了起來。

他一面咳，身子一面往裘裏縮，彷彿外面的世界太過冷冽，教他禁受不住。

唐晚詞攙扶他，關切地問：「你怎麼了？」

雷捲的裘毛貼住他雙頰，他臉色愈白，兩頰愈是火紅：「沒想到。」

他頓了一頓，接下去道：「沒想到戚少商這一劫，還是躲不過去。」

無情忽然說：「我這次來，便是要找一個人的。」

雷捲和唐晚詞都沒有問。

他們不是不想知道，而是不知道該不該問。

——像無情這樣的身分，有很多事，是不便給任何人知道的。

無情道：「我是來找戚少商的。」

雷捲心裏一沉，緩緩的道：「你是要抓戚少商？」

無情點點頭道：「他是因爲我，所以才被劉捕神拿住的。」

雷捲很慢的、但很深的長吸一口氣，道：「又給他逃走了？」

無情道：「不是。」

雷捲道：「他既已給逮著了，你再找他做什麼？」

唐晚詞厲聲道：「你是不是想在押送過程中殺了他?!」

無情笑了：「聽江湖上的人傳說：戚少商本來是霹靂堂的人，是雷老大一手扶植他起來的，可是，等到他羽翼已豐，武功有成時，即棄霹靂堂不顧，反出雷門，脫離你的旗下，是不是有這等事？」

雷捲想也不想，道：「是。」

無情道：「你栽培他，他背叛你，而今，他被人出賣，不正合你意，大快人心嗎？他被人拿住，又與你們何干？」

雷捲忽道：「你看那天。」

無情看去，夕陽如金，殘霞似血，西天好一片遺艷的美。

無情嘆道：「黃昏是太陽最後的一個媚眼。」

雷捲道：「不過，太陽明天還是照樣會昇起來的……」他指了指荒地，道：「現在這兒是一片枯草焦土，但過得兩三個月，就有新芽，三數年後，照樣鶯飛草長——你說，太陽需不需要我們來喚醒它？這兒要不要人來換土種栽？」

無情聽得出雷捲的話別有所指，便不作聲，等他繼續說下去。

雷捲道：「一個真正的人才，不需要栽培，就似太陽的光輝，黯了一段時間，仍會光耀天下，又像肥沃的土地上，自然會開花長草……真正的才人，對惡劣的環境，自然會克服、突破，只要加上一些兒的運氣，配合時機，或有一點兒耐心，是沒有懷才不遇這回事的——」他咳了兩聲，道：「通常自覺懷才不遇的人未必真有才。」

無情點頭道：「一個人的『才』，已包括了他克服萬難、造就自己的先決條件。」

雷捲道：「所以我們不要認爲自己栽培了些什麼人，要圖他們的回報，要他們感恩，以爲他們沒有你就不行了，這世間裏，沒有什麼人沒有了誰，便不能活下去的事。」他雙手鑽進裘袖裏，像很畏寒的樣子，臉色始終慘白慘白的，說道：

「他們只是像經過風景一般的經過了你，你也適逢其會，不管你教了他，還是他幫了你，都是互利的，心甘情願的，沒有誰欠了誰。」他的眉濃如東邊的夜色，整個人有一種很深重的鬱勃之氣，「他們沒有我，也一樣可以活得下去，取得功成名就。要是他們記得這一段情義，那是最好不過的事，要是不記得……」

他深鬱的笑了一笑：「也且由他。」

無情突問：「他記得嗎？」

雷捲反問：「誰？」

無情道：「戚少商。」

雷捲忽然靜了下來。他佝僂著背影。無情的臉色如其衣衫一般霜白。只有唐晚詞，在深暮中更是美艷。

五六　殘廢者與病人

「其實戚少商也是一個極重情義的人。」

雷捲緩緩伸出了袖裏的一雙手，負手望向西天的殘陽：「很多人以為他忘恩負義。其實，我知道，今日要是江南霹靂堂遇危，他一樣會拚命相救。」

無情目光閃動：「就這樣，你便為他不惜一切，患難相助？」

雷捲皺著濃眉，沉聲問了一句：「你要找他？」

無情道：「是。」

雷捲道：「既然是你替劉獨峰拿下的人，你又為何失去了他的下落？」

無情道：「我幫劉捕神抓他的時候，不知道他何故被通緝。」

雷捲眉梢一振道：「你還沒把事情弄清楚，就抓人了？」

無情垂下了頭，道：「是。」

雷捲嘿聲道：「四大名捕，也不例外！」

無情道：「我希望你能明白一件事情。」

雷捲冷然望了他一眼。

無情道：「劉捕神是我的長輩，他一生清譽卓著，決不徇私，我對戚少商僅知其名，尙未結識。當時，是在混戰中，敵眾我寡，劉捕神要抓戚少商，我自然應當出手相助。」

雷捲的眼睛看向遠方，沉聲道：「那你又何必再找他？」

無情道：「我想辦理這個案件。」

雷捲雙眉一展，道：「是上級要你爲戚少商翻案？」

無情道：「不是。」

雷捲緊接著道：「是有人要你救戚少商？」

無情道：「二師弟與戚少商意氣相投，但他深知我的爲人，並沒有開口求我；息大娘爲這件事很不能原諒我，她跟戚少商情深義重，可是，如果戚少商是該死的，就得死。」

雷捲道：「那你爲何插手？」

無情長嘆道：「因爲我發現戚少商並不該死，而他一旦被押回京師，就非死不可，我不能見死不救！」

雷捲回過頭來，他一直未曾正式望過無情一眼，如今一雙鬼火似的眼睛盯在無情的臉上，「我知道，劉獨峰在朝廷裏，很有名望，你比起他來，只是個後輩，你插手管這件案子，很可能會使他不快，再說，你也未必是他的對手。」

無情道：「我也知道。」

雷捲鬼火似的雙眼鬼火似的閃動著，濃粗的眉毛像兩條黑蟲一昂一揚：「你既知道又何必生事？」

無情道：「我可能已造成了錯事，我不能一錯再錯，而且，只要我知道有冤，就不能不平反。」

雷捲的目光又望向遠處：「你知不知道，朝廷為何要滅連雲寨，抓拿戚少商？」

無情道：「請教。」

雷捲將每一個字都說得非常清晰：「宋室偏安，殘民以虐，不抗外敵，只壓內憤，朝廷烏煙瘴氣，強徵苛稅，百姓民不聊生，苟延殘喘，有幾個縣裏的苦民，連草根樹皮都吃光，只好互相噬食，朝中大臣，只懂得作樂，什麼三院御史，既未巡監、賑災、平冤案、查失職、究貪瀆、舉薦人才，反而跟地方官員狼狽為奸，朋庇貪財，直達朝廷。所以，各地都有百姓組織的力量，本來主要是對抗金兵入侵，可是權相一意求和，皇帝無意作戰，畏於金人的阻嚇，所以便命人敉平這些所謂的『亂黨』，並派朝廷裏的大將，緝拿『叛亂』，另暗遣高手，殺害人們崇拜的頭領。連雲寨便是這樣的組織，戚少商便是這樣的領袖。」

雷捲說到這裏，頓了一頓，問：「你覺得我這樣說很大逆不道，是不是？」

無情一對銳利的眼睛盯住他，半點不移，平靜的說：「我知道你說的是實情。」

雷捲乾笑一聲道：「單憑你這句話，傳到權相耳裏，便足以滅九族。」

無情眼也不眨：「說下去。」

雷捲道：「當年，戚少商看重『滅絕王』楚相玉，能號召十萬軍民抗金，曾在皇帝下旨格殺後，仍維護楚相玉復出，後來，楚相玉被閣下的同門鐵二捕頭所殺，二捕頭並未向連雲寨追究這件事情。」

他的臉色愈是青白，眉毛愈是濃得化不開：「可是，消息還是傳到奸相昏君耳裏，連雲寨這根刺，是非除去不可的。」說到這裏，劇烈的嗆咳起來。

唐晚詞接下去道：「可是，戚少商是深受百姓鄉民愛戴的領袖，軍氣如虹，又得民心，據險固守，傳宗書恨得牙爲之碎，也奈他不何。」

雷捲接道：「所以，傳宗書便看準了戚少商的弱點：愛才！他遣了自己的義子顧惜朝，混入連雲寨中，從事破壞離間，豈料戚少商重才一致於斯，讓了寨主的位置給他當，但顧惜朝還是狼子野心，毀了連雲寨，自然也不會放過戚少商。」

無情道：「像戚少商這種人，生在這樣的一種時局裏，是不會有好結果的。」

雷捲沉默了一陣，才再說話：「昏君和權相都視他爲眼中釘，才不惜派出劉獨峰、文張、黃金鱗、顧惜朝這樣的人物來剿『匪』平『亂』。」

無情道：「奇怪。」

雷捲問：「怎麼了？」

無情道：「傅丞相不知有何用意？」

雷捲皺起了眉頭，眉心呈現一條豎紋，深如刀刻。

無情道：「黃金鱗、顧惜朝和文張，都是傅丞相手上大將。黃金鱗跟顧惜朝裏應外合，黃金鱗一向是他官場中的心腹，顧惜朝則是他的義子，至於文張，本來已在仕途失勢，卻由傅丞相一手提擢，成爲要員；傅宗書這次一口氣派了三名得力手下，來辦這件案子，有什麼深意？」

雷捲道：「那麼說來，劉獨峰是奉旨來抓戚少商的了？」

無情道：「奉旨北上的人，定不止他一人。」

雷捲道：「卻不見得有人比他更難纏。」

無情道：「有一個。」

雷捲訝然道：「誰？」

無情道：「常山九幽神君。」

雷捲動容道：「他?!」

無情道：「鮮于仇和冷呼兒，都是他的門徒。當年，我們四師兄弟曾跟他的兩名得意弟子獨孤威和孫不恭交過手，他們武功詭奇，殊難取勝。九幽神君本來一直隱伏不出，但這幾日，帶了兩名弟子離開常山，悄然東渡，諸葛先生飛鴿傳書予我，點明此事，可能與緝捕戚少商一案有關。」

雷捲嘆道：「對付區區一個戚少商，何用這麼多高手！」

無情揚眉道：「故此，在戚少商身上，一定有什麼極重要秘密，有人非要殺他不可。這一點，恐怕戚少商自己也未必知道。」

雷捲道：「如果你參與此事，又秉公處理，只怕，會吃不了兜著走。」

「我從來就不怕吃不了，也不怕兜著走；」無情笑了，剔眉問道：「雷堂主這是相激在下？」

「不敢，但確有此意；」雷捲坦然道：「你要是因為此事得罪了劉捕神，開罪了傅宗書，跟九幽神君、黃金鱗、顧惜朝、文張這一干難纏難惹、有權有勢的人結了仇，豈不是愚笨得很？」

無情笑。他笑起來，很俊、很清朗，甚至很俏，連唐晚詞在一旁看了，不知怎的，也跟著開心起來。

無情揚著眉毛道：「他們又能怎樣？人生總不能老是揀不得罪人的事情做。」

雷捲的眼神已禁不住流露出一種奇異的神色，悠悠地道：「你剛才不是問起，我為何要捨身救戚少商嗎？」

無情點頭，望向他。

雷捲道：「佛家有謂業力。業力何者？天底下，人人都營營役役，往一個去向，便形成一個共業。若果是為了萬民福祉，和睦共處，昇平喜樂，同一個意向，同一方向的去努力，那就是共同的業力，定能形成一種進步的作用，使大家都富裕快樂了起來。不過，世事常與願違，金人要侵佔大宋富庶的土地，兩國爭鋒，戰禍連綿，生靈荼害，百姓希望逐退外侵，安居樂業，但朝廷偏偏偷安求存，耽於逸樂，當權得勢之人，往往暴虐苛政，於是少數的人控制了大多數人的命運，業力作祟，正往一個萬劫不復的深淵墮去。」

雷捲說到這裏，長嘆道：「人像什麼？就像掐一把水，水裏有許多看不見的細微生物，掙扎求存。又像這地上的螞蟻，終日蠕蠕，不知何之。這是共業。個人的努力與意願，只是別業，往往受共業的操縱，身不由己，所謂因果循環，善有善報，惡有惡報，福有攸歸，往往不能立足。不過，一旦形轉勢移，能堅持一己『別業的人』說不定能救天下，助萬民於水火之中，扭轉『共業』。戚少商便是一個這樣的人。他明知不可為而為，這種人往往是悲慘下場，但教你見著了，遇著了，總希望這樣的好人好事，不該讓它毀了，滅了，全無希望了，是不是？」

他澀笑了一下，道：「人說戚少商叛了雷門，我以德報怨，救他助他，其實不然；他出去仗三尺劍，管不平事，便是光大了雷門，壯大霹靂堂之威名，我引以為榮。」

無情的眼神裏已有敬佩之色：「江南霹靂堂是不是人人都是這樣想？」

雷捲一愕，道：「不一定。」

無情問：「雷門的人是不是人人都像你？」

雷捲靜了一下，道：「也不一定。」

無情道：「可惜。」

雷捲道：「可惜什麼？」

無情道：「要是人人都像你所想，天下何愁不能定？」

雷捲搖首，充滿倦意的道：「可惜的不是我，是你。」

無情微訝道：「哦？」

雷捲道：「你剛說過，像戚少商這種人，生在這樣的一種時局裏，是不會有好結果的。很不幸的，你自己也正是這種人。」

無情揚揚眉，道：「我是嗎？我以爲你才是。」

兩人都相視笑了起來。

無情自幼遭逢親離死別、孤獨傷殘，所以，養成了他略近孤傲的個性，很少歡笑稱心；雷捲早年身遭劫患，肺疾纏軀，性近孤癖，亦甚少言笑；而今兩人相知、相說之下，心情大暢，引爲知交，眉頭舒展。

唐晚詞跟雷捲一段時日，鮮少見他舒眉歡笑過；金銀二劍服侍無情已久，亦不常見他喜溢於色。而今得見兩人說笑甚歡，都因而寬懷而心情喜樂了起來。

雷捲笑道：「適才，我暗算了你一刀一指，原先以爲你跟顧惜朝等人是一夥的，又不知道你是個殘廢的，實在無恥！」

無情大笑道：「你這個王八蛋，病得已只剩下一口氣，居然還有這般指力！可惜暗器手法，卻是第九流的！」

雷捲哈哈笑道：「你瞎了眼珠是不是！我要不是受了不輕的傷，那一刀一指，你躲得過去?!」

無情笑容微微一斂，道：「你傷得倒不輕。」

雷捲指指披在身上的毛裘道：「已好得六成了，你怎麼看出來的？」

無情道：「誰傷的？」

雷捲道：「太多人了，其中，文張和顧惜朝的遺禍最深。」

無情道：「你病得也不輕。」

雷捲豪笑道：「這個病，已二十年，迄今還死不了。」

無情道：「要小心，病不死人的病，往往最要命。」

雷捲轉開話題：「你找到劉獨峰的行蹤沒有？」

無情道：「沒有。」

雷捲的眉又蹙了起來，兩道濃眉像被斜線縫合在一起，在印堂上結成了一線：「一點線索也沒有？」

無情的眼睛閃著慧黠的光芒：「本來是沒有的。」

雷捲道：「現在呢？」

無情道：「你告訴了我。」

雷捲訝然道：「我告訴了你？」

無情微笑頷首。

五七　九幽神君的九個徒弟

無情道：「你那一刀，讓我知道地下有個高手，『危險』到底是怎麼一種情況；但那一指，卻很管用。」

雷捲沉吟道：「你是說，我請二娘遁地溜出去，擒下在溪邊的兩位小哥兒，分開你的注意力，乘機震開鐵蓋，背後暗算你那一指？」

無情道：「我原本守在通道口，大佔地利，爲什麼差點著了你的道兒？」

雷捲想也不想，便說：「因爲你以爲我已在溪邊，沒想到我仍伏在鐵皮下。」

無情道：「這便是聲東擊西之計。」他停了一停，眼睛在發著亮，「我以爲你已逸至溪畔，然則你仍在地底裏。」

「我一直以爲劉捕神已押著戚少商，在返回京師的路途中；」無情微微有些興奮，「其實，他可能根本未曾離開過那兒，他算準可能有人在道上攔截，他既不欲傷人，又不想與戚少商的朋友交手，最好的辦法，便是以靜制動，暫時不動，讓敵人撲空，一再無功，定必灰心，那時他再押人入京，可保平安。……劉獨峰，畢竟是老狐狸。」

雷捲道：「所以，你已經可以追查得到劉獨峰的下落？」

無情道：「到目前爲止，我只發覺先前我追查的方向是錯誤的。」

雷捲咳了兩聲，道：「不過，我還是欠你一刀一指。」

無情微微一笑，問：「你們因何在此？」

雷捲道：「養傷，報仇。」

無情打量了雷捲一陣子，道：「傷是要養的，病也是要養的。」

雷捲道：「傷不好，無法作戰，所以要養傷；我這個病已糾纏了我二十多年，我沒給它病死，它也沒給我醫好，誰也奈不了誰的何，我才不去管它！」

無情道：「如果要養傷，爲何不回到霹靂堂？」

雷捲淡淡一笑，道：「我幹這件事，江南霹靂堂不見得同意；這純粹是我個人的事，我已經連累了三位兄弟送命，一位最信重的人犧牲了。」

無情道：「既然如此，你養你的傷，我找我的人。」

雷捲道：「我要養傷，也要找人。」他轉面向唐晚詞問：「妳的意思怎樣？」

唐晚詞道：「先時，我們不知道大娘他們在那兒，便只好在這裏養傷；現在我們也該趕去青天寨聚合了。」

雷捲道：「正是。」

無情拱手道：「既然如此，請你轉一句話給息大娘，戚少商的事，在下無論如何，都會給她一個交代。」

雷捲凝視著他，道：「可惜沒有酒。」

無情道：「你想喝酒？」

雷捲道：「不，只是要敬你一杯，以壯行色！」

無情笑道：「酒且留待我們再見面時才喝，以目下雷堂主的傷和病，也不宜多喝，而且，亦不便在大庭廣眾共醉。」

雷捲道：「待他年乾坤事了，再與足下痛飲。」

無情微笑望了兩人一眼：「那時候我叨飲豈止一杯？」

無情坐在滑竿上，被金銀二劍抬走了之後，唐晚詞忽道：「江湖人都傳他辣手無情，當真是傳言不可盡信。」

雷捲聲音忽似沉落了許多：「其實這個人最大的弱點，便是太重情重義，只不過外表發出一副冷漠態度罷了。有些人，一旦沒有了朋友，整個人便像站在虛空處。」

唐晚詞忽然轉過臉來，深深的瞧著他，道：「你呢？」

雷捲苦笑道：「我？」

唐晚詞眨眨眼睛問：「你是無情？還是多情？」

雷捲道：「我？我已經沒有情了。」

唐晚詞垂下眼來，幽幽的說：「我早就知道你會這樣說。」

雷捲笑道：「我的情都給了妳，自己不是什麼情都沒有了嗎？」

唐晚詞美麗而嬌嬈地笑了起來，用手去擂他的胸膛。

「你也會貪嘴！」

「因爲要妳想不到我會這樣說。」

「不要臉，誰要你的情了！」

「那我可是無臉又無情了。」

唐晚詞又笑著擂他。

戀愛中的女子最美麗。

唐晚詞在這時一顰一笑，都美艷得還比殘霞奪目。

雷捲看了一陣心痛。

他真願就這樣跟她靜靜而親親地，渡過下半輩子。

可是他不能。

男兒漢有他的事業和志業。

雷捲還有很多事要做。

要重建霹靂堂。

要光大雷門。

要救朋友。

要報仇。

昏鴉起，夕陽低，無情在晚風裏起程，去繼續他那無情但有義的追逐。

◇◇◇

第二天，略經易容的雷捲與唐晚詞，就到了碧雞縣。他們繞道而走，目標是拒馬溝。

傍晚時分，他們已到了南角口，這是一個市鎮，離小子灣的環西城不過十八里路，按照道理，兩人是要再趕一程的。

將靠近南角口鎮時，兩匹快馬，自官道疾馳而至！

一般來說，馬匹到了鎮上要道，無論怎麼趕路，都該放慢下來才是，以免誤傷人畜；但這兩騎，完全沒有這個意思。

不過馬上的人騎術十分精嫻，也沒撞著什麼，兩騎經過市場時，同時彎身向左右彎身一抄，一個在路旁攤口抓了一隻雞，一個則在店門前拎了一罈酒，揚長而去。

雷捲和唐晚詞早已閃到一旁，他們耳力甚尖，除了攤店主人在怒斥叱罵外，也聽到了馬上的兩人在笑著說：

「你那隻雞可不夠肼，咱們還有兩個師兄姐在前面等著——」

「有肉有酒，逍遙快活，只要別談師父的事，就……」

聲音漸遠，再難以分辨。

唐晚詞以為除了馬上兩人特別慓悍，語音不大像中土人氏外，也不過是普通武林黑道上的惡人，要在平時，她早已掀他們下馬，好好的教訓一頓了。

可是她發現雷捲臉色變了。

雷捲按低草帽，疾行入鎮。

唐晚詞緊緊跟隨，沒有問。

走了好一會，到了一家客棧前，雷捲道：「我們進去住。」

唐晚詞點頭。

兩人走了進去後，掌櫃見二人行動有點古怪，顯然有些疑慮。唐晚詞一錠銀子就擲在桌上。

掌櫃登時改了態度，一張臉皮全漲滿了笑容：「兩位要一間上好乾淨光猛漂亮寬敞舒適軟床雅緻豪華舒服的大房，還是兩間？」

雷捲一怔，一時不知怎麼回答是好。

唐晚詞即道：「一間。」

掌櫃更加眉開眼笑，忙不迭的道：「剩下的銀子，小號就為兩位客官保留著，俟結賬時一起——」

唐晚詞截道：「不必了。我們住一晚就走，替我們準備上好的酒菜。」

掌櫃臉上的笑容更擠得滿滿的，道：「是，是……」樂得什麼似的，一面大聲吩咐伙計準備酒菜，一面叫人打掃房間，捧上熱水供二人洗臉，還親為二人領入房間。

雷捲一見那又窄又小又髒又亂的房子，不禁失笑道：「這就是上房？」

掌櫃的怕兩人稍不稱心，掉頭就走，哈著腰道：「小店是本鎮字號最老、服務最好、名頭最響、房間最大的客棧，客倌要是認為不滿意，旁邊還有兩間，請移步過去參觀參觀。」

雷捲看旁邊那三四間房間，也不會好到那裏去，而這間客棧，不過六、七間房間，不想多作計較，不耐煩地道：「去吧。」

掌櫃的歡天喜地的去了，不一會，伙計小心翼翼的捧酒菜入房來，唐晚詞特別給他們一些碎銀，他們感激得什麼似的，唐晚詞吩咐道：「小心收著，不要讓你們老闆瞧見，又分了去。」

夥計離開後，唐晚詞向雷捲柔聲道：「是不是嫌我太會花錢？」

雷捲笑道：「怎會？」他跟唐晚詞這些日子來，臉上已漸可常見笑容。

唐晚詞道：「所謂『狗眼看人低』，又云『人靠衣裝、佛仗金裝』，多給一些錢，待遇也會好些；至於這幾個苦哈哈兒，才是該多給他們一點，只怕他們藏不妥當，還是給掌櫃的勒詐了去。」

雷捲微微笑道：「應該的。」

唐晚詞仰著紅唇，問：「既是應該的，爲啥連笑的時候，也皺著眉心？」

雷捲沉吟不語。

唐晚詞省覺地道：「你有心事？」

雷捲負手望向窗外。

唐晚詞即道：「剛才道上的兩騎……？」

雷捲點點頭，道：「妳可知道他們是誰？」

唐晚詞問：「誰？」

雷捲憂心怔忡地道：「狐震碑與鐵蒺藜。」

唐晚詞秀美的眉光一蹙，道：「是些什麼人？」

雷捲眼望窗外，一字一句地道：「九幽神君的兩名徒弟！」

唐晚詞霍然一驚，失聲道：「九幽神君?!」

雷捲沉重地道：「常山九幽神君是個極爲可怕的人。聽說，當年朝廷要請國師，諸葛先生與九幽神君掀起一場鬥爭，兵部侍郎鳳鬱崗、御史石鳳旋、左右司諫力薦諸葛先生，蔡京、傅宗書力主起用九幽神君，兩人經過一場明爭暗鬥，九幽神君功敗垂成，遁跡天涯，使得傅宗書掌握大權得以延後一十六年。」

「可是九幽神君仍跟傅權相暗中勾結，九幽神君可以說是傅宗書在武林中伏下的一記殺著。」雷捲平素沉默寡言，但與唐晚詞在一起，話也說得比平時多了幾倍，「九幽神君收了九個徒弟，他們在江湖中都大有名頭。」

「他們是：孫不恭、獨孤威、鮮于仇、冷呼兒、狐震碑、龍涉虛、英綠荷、鐵蒺藜和泡泡。」雷捲附加一句道：「孫不恭外號『土行孫』，獨孤威則有『人在千里，槍在眼前』的稱號，他們兩人都喪命在四大名捕的手裏，於是九幽神君和諸葛先生的怨隙更深了。冷呼兒與鮮于仇則是當上了將軍，這次攻打連雲寨與毀諾城便有他們的份兒！」

唐晚詞則頗好奇地道：「鐵蒺藜？泡泡？」

「妳別小看這兩個名字，」雷捲道：「鐵蒺藜是什麼？」

唐晚詞道：「是一種暗器呀。」

雷捲道：「鐵蒺藜通體有刺，使用不嫻熟的人，常未傷人，先傷己。這種暗器，體積雖小，攻擊敵人時呼嘯旋轉，不易抵擋。」他頓了頓道：「泡泡是虛幻的，你去抓它，它就碎了，然而它偏又神奇奪目，令人防範鬆懈。」

「這些年來，武林中因為疏於防範而死在泡泡手上的人，實在不能算少，就算武功比他高的人，也一樣著了道兒。」雷捲道：「至於英綠荷，是九幽神君九名徒弟中最難纏的一名。」

唐晚詞道：「他們來這兒幹什麼？」

雷捲長嘆一聲，捂胸，咳嗽，皺起了眉頭。

唐晚詞扶著他，看著他，柔和的笑道：「不管他們來做什麼，你都要把傷還有病養好了再說。」

雷捲點頭，用手輕輕搭住她攙扶他肩上的手背，苦笑道：「妳的傷也還沒復原。」

唐晚詞道：「已經不礙事了。」

雷捲望著她，問：「還痛嗎？」

唐晚詞一笑，收回了手，道：「我們來比賽，看誰好得快些？」

兩人正在吃飯的時候，忽然間，樓下傳來一陣擾嚷，唐晚詞側耳要聽，雷捲道：「樓下可能來了不速之客。」

不一會，即聽到有人大步走上樓來的聲音。兩人以為來人是沖著他們來，但步子走過他們房間，進了隔壁房間。隨而還聽到伙計們被大聲斥喝的聲音，伙計只敢唯唯諾諾，不敢反駁，唐晚詞悄聲道：「這人步子好重，他一個人走，比三個伙計份量還重！」

雷捲聚精會神地道：「還有一個人，步子好輕，使人完全察覺不出來。」

唐晚詞「哦」了一聲，微覺詫異。聽了一會，忽聽到隔壁房多了一個女子的聲音：「滾出去吧，拿上好的酒菜來，省得教人生氣！」唐晚詞聽了，向雷捲點了點頭，表示還是他的耳力好。

只聽「劈拍」幾聲，接著是「哎唷」夾著「叭登」連響，敢情幾名伙計，都給這一男一女打下樓去。

唐晚詞低聲道：「那有這麼霸道的人！」肩膊微微一起，雷捲的手即按在她的肩上，用手指湊近唇邊，輕「噓」了一聲。這時兩人站得極近，雷捲見唐晚詞眉目姣好，一雙俊俏的眉和一雙多情的眼，教他看了心裏一蕩。唐晚詞用舌尖舐了舐微乾的紅唇。

這時，隔壁傳來那豪壯的男子語音：「看來，鐵師兄和狐師哥剛去不遠，咱們爲何在這間小客棧停留，不趕路去？」

那女音說話十分的輕細，要不是雷捲內力精深、唐晚詞耳力極佳，根本不可能分辨得出她在說什麼。可是那男子的一番話，令雷捲與唐晚詞大力震動，知道這兩人跟九幽神君必有淵源，於是更加留心聆聽。

「七師哥，咱們這麼快趕去會合，這又何苦呢？這一趟要取的是四大名捕中的老大和老二的性命，必有傷亡，咱們何必衝鋒打頭陣呢？」

「英師妹，這麼說，我們就待在這裏，違抗師命了？嘿，什麼四大名捕，我龍涉虛可從來沒怕過誰來！」

「誰敢違抗師父意旨?!誰又要違抗來著?小妹只是覺得，不妨拖上一拖，況且，咱們也可以多敘上片刻……師哥，你不珍愛我嗎?怎麼老是這般粗暴！」

「我怎捨得對妳粗暴呢……不過，妳對其他師兄弟，都一視同仁，妳是因爲孤師哥冷落了妳，妳才對我好——」

「拍」地一聲，似有人被摑了一記耳光，只聽那女子尖聲道：「你說什麼?老娘對你稍假顏色，你就臭美，語言上來侮辱老娘！你不知好歹啊你！」

只聽那男子訕訕然道：「我……我……」

隔了半晌，那女子又昵聲道：「我打了你，你可惱我不?」只聽咿唔有聲，顯然女子正在挑逗那漢子，兩人動情而呻吟起來。

雷捲和唐晚詞聽了，卻有些不自然起來，唐晚詞笑著低啐了一口，道：「不要臉……」

五八　沖天火光深心恨

只聽那龍涉虛長長地吁了一口氣，聲音也較先前溫馴得多了，「那麼，我們幾時才趕上去？」

「你急什麼？」英綠荷喉頭發出一陣蕩人心魄的呼聲，這句話也不知是指龍涉虛急著趕路，還是急著做別的勾當。停了一陣，她才接下去道：「師父的旨意，是取無情和鐵手的狗命；但傅相爺更進一步，他還要劉獨峰的人頭。最好是劉獨峰跟四大名捕拚箇玉石俱焚，這樣皇帝的手上紅人出事，龍顏大怒，自然遷怒到諸葛先生身上，只要有了芥蒂，傅相爺便可乘虛而入了。咱們也學學他們的榜樣。」

龍涉虛呻吟似的道：「怎麼個學法？」

英綠荷又道：「讓幾位師兄弟先跟他們硬拚幾場，咱們再過去收拾場面，豈不是好？記得以前孫大師兄和獨孤老二嗎？跟四大名捕硬碰硬，結果不是出師未捷身先死——咱們可不這樣子笨法！」

龍涉虛道：「是呀。」語音已經心不在焉，並傳來兩人哼哼唧唧的聲響。

唐晚詞與雷捲乍聞有關四大名捕與劉獨峰的消息，不禁分外留意，屏息聆聽，卻只聽到那對男女胡混的聲息。忽聽英綠荷道：「慢著。」

龍涉虛粗嘎地道：「我不管了，妳又——」

英綠荷聲音甜糯糯地道：「噯，不是呀，要是我們剛才的話，給隔壁住的人聽去了，該怎麼辦？」

雷捲和唐晚詞都是一震。

只聽龍涉虛道：「當然不能給人聽去。」

英綠荷道：「萬一給人聽去了怎辦？」

龍涉虛不耐煩的說道：「在這山村小鎮，有誰會聽到？誰會在這兒留意咱們說什麼？聽到了也不關他的事，理他作甚！」

英綠荷道：「話不是這麼說。隔牆有耳，小心駛得萬年船。萬一這番話傳到師父耳裏，咱們可有全屍之望？」

雷捲與唐晚詞對看了一眼，心中同時都升起了一種感覺：這個只聞其聲未見其人的英綠荷，確是個謹慎辣手的角色。

只聽龍涉虛的口氣也急了起來：「怎會有人聽到我們談話？」

英綠荷道：「我的聲音小，你的嗓門大，事情要是傳出去，都是你誤的事。」一下子，她把責任推諉得一乾二淨。

龍涉虛道：「這……這怎麼辦是好？」

英綠荷道：「很簡單。到左右隔壁去，不管有無聽到，殺了便是。師父不是常教我們：『斬草不除根，春風吹又生』、『寧可殺錯，不可放過』麼！」

唐晚詞向雷捲望了一眼，意思是問他：要不要逃走，或者先下手爲強？雷捲搖了搖頭。

只聽龍涉虛道：「既然如此，不如把這店子的上上下下，一概殺光，放把火燒乾淨才走。」

英綠荷道：「這就是了。這才是萬無一失，反正，我們手上銀子不夠花用了，趁此撈一筆也好。」

雷捲與唐晚詞都覺得這兩人當真是心狠手辣，幾句話下來，便定了這一客店裏的人的生死。

卻聽英綠荷又道：「剛才我們在樓下打聽到，左邊那間房裏那對夫婦，手上很闊綽，我們先去下手。」

唐晚詞知道兩人要沖著這邊來，低聲向雷捲疾道：「怎辦？」

雷捲指了指窗口，道：「妳先出去，這兒由我來應付。」

唐晚詞不解，問：「爲什麼？」

雷捲道：「我們不能殺死他們，他們一死，九幽神君一定會把箭頭指向我們，我們非他們之敵。也不能逃。兩人都逃走，便是表示已聽到他們的對話，一定不會放過咱們，而今之計，妳先走，我來應付。妳放心，他們不知我會武功，我還應付得了。」

唐晚詞還是不放心。

雷捲道：「妳去那鎮口小橋墩下等我，無論發生什麼事情，都不要過來。」

唐晚詞眼色依依：「你……」

雷捲一字一句的道：「我一定會來找妳。」

唐晚詞輕嘆一聲，一雙美目，望定雷捲，咬著下唇道：「你一定要來找我。」

雷捲用力地點頭。

「嘎」的一聲，隔壁那對男女，已開了房門。

雷捲伸手往唐晚詞背後一送，道：「快去！」

唐晚詞輕盈地掠出了窗外，落在瓦上，半空還回眸，看了雷捲一眼。

雷捲也望著窗外，但窗外一片灰瓦和黯穹，已不見了唐晚詞的身影。

這時候，門房已響起了敲門聲。

雷捲把氈帽壓低了一些，裝出一口粗濃混濁的聲調，他本來說話就有些上氣不接下氣，而今刻意說來，更像一個癆病多年的語音：「誰呀？妳回來了？」

對方只是敲門不應。

雷捲先把懷中一包銀子放在桌上，然後一面蹣跚的走過去開門，一面嘮叨著說：「我囑妳去拾幾劑藥，是要妳花銀子去找藥局裏的行家，把藥煎好熬好，省得拿回這兒，讓這些店裏不懂事的小伙計亂攪一通，這些藥材是很貴的，萬一給人摸走了一些，就不夠效力了……妳怎麼這麼早就回來？」把門打開，還假裝咳嗽著沒瞧見，加問了一句：「是不是有藥材沒買著？」

門口站的是一男一女。

雷捲很倉促的瞥了一眼。

因爲他知道自己必須要記住這兩人的容貌。

門前那男的，熊背虎腰，滿腮虬髯，眉粗眼大，樣子倒有七分威武英挺，可惜眼神有點痴呆。

女的卻像個粉團娃娃，頭髮齊短，彎月眉，眼瞇瞇的，整張臉上，粉撲撲的，給人很馴良的感覺，整個看去都軟糯糯的。

那男的向女的望了一眼。

女的點頭。

那男的馬上出手。

龍涉虛要出手之前，雷捲已經知道。

可是他沒有躲避。一躲，對方就會知道他有武功。

他也沒有用內力護體，因爲這樣做，結果只有比躲避更糟。

他只暗自用真氣護住心脈。

「砰」地一聲，龍涉虛一腳踢在他胸口！

他悶哼半聲，口吐鮮血，直飛出丈外，躺在地上，一動也不動了。

龍涉虛冷笑道：「窩囊廢！」然後一個箭步過去，把桌上的包袱拆開，看見有銀子就往懷裏揣。

龍涉虛裏外搜了一下，再往雷捲身上一翻，一摸雷捲鼻息，笑道：「這癆病鬼，要了他的命，倒幫了他不必活受罪！」又搜走了些銀子。

英綠荷道：「死了？」

龍涉虛笑道：「他怎受得了我一腳！」又道：「可惜那婆娘出去買藥沒回來。」

英綠荷啐道：「可惜什麼！你以爲我不知道你心裏打的是什麼鬼主意！」

龍涉虛忙道：「那有，那有！」

英綠荷道：「我們再到別家去，殺光了再放火！」

龍涉虛大步走了出去。英綠荷走在後面，跨過了地上雷捲的身軀，突然間，拔出一把鐵如意，閃電般向雷捲背上拍落！

雷捲當然未死。

他只是詐死。

他要龍涉虛和英綠荷不虞有他，以爲已殺人奪銀而去，這樣才是萬全之策。

但他沒料到英綠荷悶不作聲，突然施辣手！

他發現時，鐵如意已近背心！

他只有三個選擇：

一是避。

二是反擊。

三是硬受。

第一和第二點反應會使他前功盡棄。何況他已硬受了龍涉虛一腳，這時候才跟這兩人拚命，實力已然受挫，不如一開始就聯同唐晚詞，力戰這兩大煞星的好。

雷捲並不閃躲，默運玄功，硬受一擊。

「拍」的一聲，鐵如意擊在雷捲背門上。

英綠荷擊實一記，淡淡地道：「真的死了。」

龍涉虛這時已步出門房，聽到背後異響，回過頭來，問：「他已經死了，妳還打他幹什麼？」

英綠荷道：「小心駛得萬年船。」又喃喃地道：「我見你踹他一腳，飛出去時的身子未免太輕了一些，所以不放心，爲安全計，補他一下，沒料到他真的給病淘虛了身子。」

說著再跨過雷捲的「屍身」，跟龍涉虛走到樓下去。

◇◇◇

慘呼、哀號、求饒、呻吟聲不絕於耳。

這些聲音很快的從樓下到樓上，遍佈了這客棧的每一角落。

而且很快的就逐漸微弱下去。

這對煞星，當真是殺人不眨眼，無論老幼都不放過。

雷捲咬著牙。

他倒在自己的血泊中。

身上所受的傷雖然痛楚，但周遭所發生令人髮指的事更令他痛苦。

可是他要強忍。

忍到有那一天，自己才可以爲自己、爲這些人報仇！

——只是，這一日何時才到來呢？

殘忍的殺虐持續了好一會，才告平息。

接下來是熊熊的火燄，吞噬著整個被血腥充滿的客棧。

雷捲在火光沖天時，才靜悄悄的躍出火場，他一面走，一面吐血。他一定要走到橋墩下，會合唐晚詞。他不能倒下。他絕不能倒下。他要報仇。他一定要報仇。要報仇就一定不能倒下去。

他不能倒下。

他要報仇。

他一定要報仇。

他一定不能倒下。

在橋墩下守候的唐晚詞，在暮晚裏看見客棧那兒的濃煙，跟著便是沖天而起的火光。

她幾次想折回去，可是她記得雷捲說過什麼話，她都強忍住。

她知道雷捲說的話一定算數。

她認識他雖然不深，但卻完全相信他。

他外表看來那麼堅忍冷靜，但她卻知道他有一顆正義的赤子之心，還有對人世間如火般的熱誠。

就在這個時候，兩匹快馬，疾馳過橋上。

她在深暮中辨認得出來，這一男一女在馬上說話的聲音：

「今兒的銀子可不少……」

「咱們在前面城裏可以住得舒服一些……」

唐晚詞不知客店那兒發生了什麼事，雷捲如何了？可是她卻知道，無論發生的是什麼事，犧牲都定必慘重。

她突然覺得很忍辱。

她自從加入「毀諾城」，跟著息大娘，確實快意恩仇，行俠仗義了好些時候，而今落難，到處躲藏，實在不像是一個堂堂正正的人。

可是再大的侮辱，也比不上她現時對雷捲的擔心。

她看著熊熊的火光，眼淚不覺淌在臉上。

——捲哥，你快回來。

——我們還要在一起，報這個大仇！

◇◇◇

就是爲了「報仇」這個意念，戚少商才會活到現在。

「報仇」是冤冤相報，無時或了，但對於某些人來說，卻未嘗不是好事，而且還是活下去的主要根源。

有很多人是依靠這個意念而奮發向上，用驚人的意志力，完成普通人不能完成的事業。

有些人也依憑這個心願，忍人之所不能忍，渡險歷煉，終於在生死邊緣中熬煉出一個堅忍不拔的人物來。

戚少商便是因此而活下去。

沒有這個強烈的欲望，他早就死了一百次了——不管是別人殺了他，還是他自己殺了自己。

可是他要報仇，就不能死。

開始幾天，他不知道劉獨峰要拿他幹什麼？

劉獨峰抓住了他，封了他的穴道，與張五、廖六，連夜趕程——但沒有趕出很遠，只到了思恩縣旁的南燕鎮，直入衙門，便不再行動了。

以劉獨峰尊貴的身分，來到南燕鎮，自然是大件事。那身分差不多只是「三老」的小官兒賓東成，嚇得幾乎要三跪九叩，把城裏所有見得的東西都奉上去孝敬劉獨峰。

可是劉獨峰只要他做一件事：

不要鋪張。

——萬萬不要鋪張，不許驚動任何人。

那姓賓的小官唯唯諾諾，心裏以爲還是得要盡其所能，招待這位皇上跟前的佩劍紅人。

劉獨峰卻真的做到「不擾民」。

他對賓東成的「招待」毫不假顏色，斥責退回，他只要一席乾淨舒適的行居之所，同時，也要張五、廖六和戚少商有舒服的下榻處，對其他一切應酢酬宴，一概嚴拒。

賓東成是地方小官，職掌一向只負責收稅和賒貸，最多只兼管管地方罪案、開墾廢田、先修水利、建立堤防、修貽圩稈的事兒，而今見到這位素來辦要事破巨案的劉神捕來，當真是手足無措，慌了手腳。

劉獨峰把戚少商封了要穴，使其無法行動。除此以外，他讓他吃得好，用自己珍藏的金創藥為他治傷，還時時照料他的傷口，甚至運用自己的內功，助他恢復元氣。

此外，也並不跟他多說什麼。

戚少商不知道劉獨峰因何這般善待自己，卻又滯留在南燕鎮，始終不走。他心中疑團雖多，但只問過劉獨峰一次。

劉獨峰一笑不答。

戚少商沒有再問。

次日，他開始絕食。

五九　人知道太多便不會快樂

絕食到了第三天，劉獨峰便過來和戚少商開始了談判。

劉獨峰道：「你這樣是什麼意思？」

戚少商道：「你這樣做是什麼意思？」

劉獨峰瞇起了眼睛。

戚少商道：「你抓我，既不回京，又不啓程，不如痛痛快快的殺了我！」

劉獨峰笑道：「我爲什麼要殺你？」

戚少商道：「你不殺，又不押，也不放，所以應該是我問你，到底是什麼意思？」

「沒別的意思。」劉獨峰道：「是維護你，也是在保護你。」

戚少商道：「保護我？」

劉獨峰撫髯笑道：「你不明白？」

戚少商憤然笑道：「剷平區區一個連雲寨，京城各路人馬盡數出動，未免太瞧得起我戚某了。我從頭到尾都不明白！」

「單憑連雲寨，還不成氣候，不足為大患，的確犯不著動用那麼多的人來抓你。」劉獨峰道，「不幸的，是你所知道的事情著實太多了一些，你所認識的朋友也未免太雜了一些。」

戚少商冷哼道：「不錯，認識到像顧惜朝這種人，是我自己瞎了眼睛，連累了大家。」

劉獨峰淡淡地道：「也不只是顧惜朝，還有楚相玉。」

戚少商微微一震，失聲道：「楚相玉？」

劉獨峰點頭：「絕滅王。」

戚少商瞠目道：「這跟他有什麼關係？」

劉獨峰道：「當然有關係，因為楚相玉知道皇上的一些重要的秘密，而他在被鐵手殺死之前，曾上過連雲寨，而且，楚相玉一向極為賞識你、器重你，這些秘密，很可能會向你提過。」

他有條不紊地道：「有人不希望你把這些秘密說出去，所以便下令全力剿滅連雲寨，傅宗書派了顧惜朝來臥底，結果真的從你口中得悉，楚相玉的確曾告訴了你一些事情，傅宗書本已派出文將黃金鱗和武將鮮于仇。冷呼兒圍剿你，因要探知這個秘密，再派出心腹文張來暗中主理此事，打算從你口中探得一切之後，必要時就地滅口，至於當今天子也知道你得悉秘密一事，便命我來抓你回京。」

戚少商道：「原來真的有……嘿，嘿，嘿！」

劉獨峰不慍不火的望向他，道：「你這三聲『嘿』算啥意思？」

戚少商恍然道：「我本來根本不知道那真的是個秘密……這昏君這麼一攪，倒讓我明白了實情的真相！」

劉獨峰道：「那秘密你原本並不相信？」

戚少商道：「我可以告訴你這件事情。」

劉獨峰忙道：「謝了免了，如果是那樁秘密，我可不要聽，我不想惹來殺身之禍，同時也並不好奇，更不想知道太多，知道太多的人便不會快活。」

戚少商苦笑道：「說的是，我便是因爲知道太多……」

劉獨峰接道：「還有交友不慎……」

戚少商道：「便落得如此下場！」

劉獨峰微笑望著他，道：「誰要知道真相，都要付出代價。誰有太多朋友，定必帶來許多麻煩。」

戚少商道：「不過，我不是要告訴你什麼秘密，而只想告訴你，楚相玉雖然是我的朋友，但我對他的心狠手辣、不擇手段、務求奪位掌權的做法，一向並不以爲然。」

劉獨峰道：「哦？」

戚少商道：「不錯，他是義軍的領袖，也是我們的前輩，不過，大家行事的方式不同，他跟連雲寨也並無太密切的關係。」

劉獨峰道：「但他在遇難逃亡的時候，你們連雲寨還是庇護他？」

戚少商道：「那是義所當爲，理所當然的事。不過，我們也僅只阻了追兵一陣，並沒有全力護他。他後來被殺，我也自覺歉疚，但爲了大局著想，我不想把連雲寨全爲他賠了出去。」

劉獨峰道：「你沒有想到結果連雲寨還是爲他賠掉了。」

戚少商道：「是沒想到。」

劉獨峰目光發亮，道：「可是，當日楚相玉逃入連雲寨的時候，告訴了你一些話，你姑且聽之，並不相信，現在，卻不由得你不信了。」

戚少商道：「怒動天顏，勞師動眾，要他說的不是事實，何庸這般陣仗？我敢不信麼！」

劉獨峰嘆道：「所以，皇上要我抓你回去，是有道理的。」

戚少商坦然道：「既已抓到，定立大功，還不回京，流連此地作甚？」

劉獨峰道：「那麼我也無妨告訴你，現在若回去，不是不回去，而是回不去。」

戚少商訝然道：「回不去？」

劉獨峰道：「現在，傅宗書想先一步知道這秘密，文張已然趕到，傳達了密令，一定先要逮住你，逼你說出機密，必要時殺人滅口，免得皇上追查，傅丞相則可以此秘密相脅皇上。」

戚少商恍然道：「你怕文張、黃金鱗、顧惜朝等兜截到我，搶了你的大功——沒想到我這條命倒還值錢！」

劉獨峰搖首道：「隨你怎麼說。我既受命來抓你，就決不能讓你半途落於他人之手，也不可以讓你死得不明不白。而且，我倒不是怕這幾個人……」

戚少商怪有趣的問道：「還有更厲害的腳色來了不成？」

劉獨峰點頭。

戚少商發現劉獨峰神色凝重，禁不住問：「誰？」

劉獨峰道：「當年，要不是諸葛先生僅以一招之勝，恐怕早在二十年前就要天下大亂。」

戚少商動容道：「常山——」

劉獨峰沉重的道：「九幽神君。」

戚少商道：「這倒是個魔君。可是，你是奉旨抓我，九幽神君雖然暴戾凶殘，但一向聽從皇命，不致公然抗旨吧？」

劉獨峰搖首苦笑道：「其實皇上有沒有命九幽神君出動，我也不知曉，到目前為止，都只是揣測而已。不過，九幽神君表面聽命於皇上，但實則俯從於傅相，故此，九幽神君是奉皇上之命而行傅相之意，如果皇上派九幽神君來抓你，無疑是正合了傅宗書之意，你落在他的手上，比死都不如。」

戚少商道：「我知道，九幽神君不是人，他當人更不是人。」

劉獨峰道：「壞就壞在他手上可能有聖旨，見著了他，我只有避一避，不能硬碰。」

戚少商道：「你這是爲我著想？」

劉獨峰忽然靜了下來，半晌才道：「你不怕？」

戚少商慘笑了起來：「我有什麼好怕？我是一隻飛不上天躲不進河的跛足兔子，給誰抓著，我的下場都是一樣，只不過，你可以給我死得舒服一些，他們要我死得百般痛楚——不過這也不算什麼，我見風勢不對，自戕在先就得了。你們之間爭這隻兔子，我橫豎不過一死，見有機會就逃，還擔心些什麼？」

劉獨峰盯住他一會兒，才道：「說的也是。」

戚少商道：「不過，我奇怪的是，既然你知道九幽神君爲非作歹，助紂爲虐，攀附傅宗書的權勢，爲何不跟皇帝稟明，由他敵我不分的胡混下去呢？」

劉獨峰道：「你要我廷前諫君，臚舉失政麼？」

戚少商道：「難道不應該麼？」

劉獨峰嘆了一口氣，道：「有四件事，你有所不知。你不知道皇上多寵信於傅丞相，此其一。我曾欠傅相之情，不想作違背他的事，此其二。皇上不是個可以接納忠言的人，我不想因此牽連親友，此其三。皇上其實也有意讓九幽神君保持實力，以制衡諸葛先生與我。此其四。」

戚少商大笑。

劉獨峰瞪住他。

戚少商一面笑一面道：「便是這樣……便是這樣……你怕死，所以不敢直諫。你顧全情面，不想得罪小人。你怕別人說你爭寵，清高自重。你眼見昏君自以為是、自作聰明，將你們勢力劃分，互相對峙，但又不圖阻止，不敢力挽狂瀾，便由錯誤繼續下去……像你這等獨善其身，貪生怕死的人，我倒是高估了你！」

劉獨峰臉色一沉，道：「你自命不凡麼？你與眾不同麼？如果你在官場浸得久了，只要還活著，只怕比我更滑不溜丟，比我更沒有作為！」

他冷笑：「你們這些自以為俠義之士，為民請命，不惜發動叛變，以為萬民之福祉而啓戰禍，結果，流了多少血，犧牲了多少人命，換得來什麼？就算給你們當上了皇帝，一朝得了大權，身在高位之後，不也一樣殘民以虐，草菅人命，那有將百姓放在心上？說的好聽，滿懷理想，不一定就能成大事，能擔大任！」

戚少商道：「你說的對。我就是這樣，領導了一群兄弟，看來是使到他們團結在一起，過的熱鬧快樂的生活，以百姓福利為己任，結果，只是害苦了他們，害死了他們！」

劉獨峰心裏一怔。他沒想到戚少商如此坦然地承認他們領導組織「連雲寨」所帶來破壞性的一面；隨即他也省悟：在這般逃亡受辱的日子裏，戚少商身邊兄弟幾乎傷亡殆盡，而且連累了不少英雄好漢，這些殘酷事實在在都逼使他早已作出深刻的反省。

劉獨峰有點懊悔自己用語過重，便在話題上轉了個彎回來：「便是為了這些煞星，我們一動不如一靜，免得給他們截著，拚上數場，都不是好事。」

戚少商道：「我明白了。」

劉獨峰道：「那你還絕食不？」

戚少商道：「說來，你是一個人，他們是全部？」

劉獨峰道：「也不是全部，他們之間，彼此也不和。」

戚少商道：「看來，在這些抓我的人當中，落在你手上，是我的最好收場。」

劉獨峰道：「這點倒沒有說錯。」

戚少商道：「你知道我活下去是為了什麼？」

劉獨峰在等他說下去。

戚少商道：「報仇。」他說這兩個字時不見得有如何激動，彷彿這兩個字已根深蒂固得與生俱來一般。

劉獨峰微嘆了一口氣，道：「其實，冤冤相報何時了？你實在不必為了——」

戚少商斷然截道：「你沒有親身經歷這些禍害，當然不知其苦！就算我不報仇，我那些被害得家破人亡的兄弟朋友又何辜？你身置事外，要說什麼話都可以，但我深受其害，活著不報仇，就不是人！」

劉獨峰不跟他爭辯，只說：「好，也許你便是憑著這樣一股意志力，才能活下去的。」

戚少商道：「既然你們之間會為了我自相殘殺，我便樂意繼續活下去，所以，現在我餓了。」

劉獨峰笑道：「這是句好話。」

於是他們結束了這次友善的談話。

劉獨峰吩咐張五去弄一點好吃的回來，廖六則繼續看守戚少商。

可是，張五去了好一段時間都沒有回來。

◇◇◇

劉獨峰深知張五的辦事能力。

張五幹練、機警、膽大而心細，反應奇快，雖略衝動、暴躁一些，但遇大事亦能忍耐，在這小縣鎮裏，肯定是無對無匹的。

除非有特殊的意外，否則張五不可能會出事。

劉獨峰覺得奇怪的時候，廖六便進來要求去接應張五。

劉獨峰同意。

他親自過去「監視」戚少商。

這一等，又是等了個把時辰。

戚少商忽道：「這次我恐怕想吃也不一定有得吃了。」

劉獨峰似乎沒有什麼表情，只坐在窗旁借下午的陽光看書。

戚少商喃喃自語道：「你那兩位弟子一去這般之久，只怕難免遇到了事故。……你不擔心麼？」

劉獨峰緩緩放下了書，道：「我不擔心，因爲……」

他接著道：「他們已經回來了。」

◇◇◇

張五、廖六等跟隨了劉獨峰多年，劉獨峰自然分辨得出他們的步伐：張五在慓悍迅捷中略嫌輕浮，但遇大事時極能忍辱負重，廖六在沉穩中略爲遲鈍，但在遇變時甚能鎮定，劉獨峰都瞭如指掌。

他常常感嘆：人生的際遇，可以有不同的變化，但人的性情，卻說什麼都難以改變。所謂「江山易改，本性難移」，每個人的天性，再怎麼掩飾，最多只不過是埋藏在內心深處，骨子裏還是沒有變更，有日一旦引發，反而變本加厲，一發不可收拾。

他因人施教，所以他的六名部屬，都有不同的武功和特長。

就這一點上，他覺得人是非常公平的。張五聰敏性急，所以武功上手得快，但功夫底子就紮得不夠深，他能忍，但不堪激；廖六功夫學得慢，練成的更少，但根基卻紮得極好，他為人淡泊，但膽氣較弱。

自從雲大、李二、藍三、周四死後，劉獨峰更加痛惜剩下的兩名部屬。雲大平實敦厚，李二勇悍急進，藍三以柔制剛，周四手辣心狠，加上張五反應快捷，負重堅忍，廖六步步為營，本來這是最好的搭配，可是，沒想到在這一場追捕裏，六去其四，想到這裏，劉獨峰真恨不得一劍殺了戚少商。

其實張五、廖六也痛恨戚少商。

沒有他，雲大、李二、藍三、周四就不會喪命。

劉獨峰曾用了頗大的心力，來壓制自己不能因私怨而殺人的衝動，同時也抑制住張五、廖六的報仇之念。

他心裏有時候也閃過，自己不殺亦無妨，只要讓戚少商給顧惜朝等逮著，不是什麼仇都報了……？

他又立刻制止自己想下去。

故此，當他聽到戚少商口口聲聲要報仇的時候，他心裏也吶喊著一個聲音：

——如果我也要替四名部下報仇呢?!

但他並沒有喊出來，他沒有做出任何復仇的行動。因爲他知道，戚少商是被迫抵抗，他沒有別條路可走，同時，他也沒有親手殺死自己的部屬，真正殺人的兇手是這個「案件」。從一開始，直至現在，在這件事裏就犧牲了不少人。

而且好像還要犧牲下去。

他想到這裏，就看見張五、廖六兩張大異常態的臉孔。

六十　往沒有路的地方逃

張五和廖六進了房中，互望一眼，向劉獨峰揖拜道：「爺。」

劉獨峰點點頭。

張五、廖六二人又互望一眼，張五道：「屬下因事耽擱，致令爺爲屬下操心，伏乞降罪。」

廖六也道：「屬下也沒遵照爺的吩咐，因事擔待了一些時候，特來請罪。」

劉獨峰靜靜的坐著，他的座椅舒適，舖著白狐裘毛，似望著他倆，又像誰也沒看。

廖六和張五互覷一眼。

劉獨峰道：「可以說了。」

張五和廖六臉上都掠過一絲驚詫之色，劉獨峰笑道：「你們跟了我這許久，有事難道我還看不出來嗎？心裏有話，就說出來吧，——是不是在這兒不便說？」

他指的是戚少商在場，是不是有些不便？張五口齒便給，即道：「不是的。爺的是明察秋毫，我今回兒出去，的確遇上一些不尋常的事兒。」

「說來奇怪，這兩天來，思恩縣上，發生了件大案子。鄰近的徐舞鎮駐紮的戒防，連營二十七，但被人一夜間盡拔，無一活口。思恩縣的知縣梁紀文，被人砍了首級，另外在無終山的十二戶鄉民，給人一把火燒個精光。」張五越說越是激動，「燕南鎮上有十一個閨女，大前天失了蹤，剛才我出去吩咐賓老爺的管事送飯菜來，聽說河上有浮屍，便趕過去一看——那十一位美貌的黃花閨女，全被人剝了衣衫，浮屍河上！」

劉獨峰沒什麼反應，用手徐徐揭了茶盅，低首呷了一口茶。戚少商坐得較近，發覺他的臉肌微微抽搐了一下。

張五激忿未平：「所以，我便待在孔雀橋上，查看有何蛛絲馬跡，耽擱了一些時候——」

劉獨峰道：「可有線索？」

張五說道：「那是些武林敗類幹的好事！」

劉獨峰道：「何以見得？」

張五咬牙切齒地道：「她們被人姦淫後，被人用『落鳳掌』震碎經脈而死，再投落水中。」

劉獨峰未及說話，戚少商臉色一變，失聲道：「『落鳳掌』！」

張五恨聲道：「便是套取女子貞元越多，掌力越犀利難敵的落鳳掌。」

劉獨峰沉吟道：「你不會看錯了？」

廖六道：「五哥沒有看錯，因爲『臥龍爪』也出現了。」

劉獨峰道：「哦？」

廖六道：「屬下本來出去要找老五，可是聽到外面沸沸騰騰，牢裏的犯人都給放出來了，到處作亂，大牢看守的人全給殺害，屬下禁不住過去察看，見被害的獄卒全在臉上有五個洞……」

劉獨峰道：「雙眼、人中、印堂、喉嚨？」

廖六忿然道：「正是。」

張五忍不住道：「練『臥龍爪』，要不是自己先保童子身，練就童子功，就得傷殘幼童，更慘無人道！」

劉獨峰道：「既然有『落鳳掌』在先，『臥龍爪』的出現也不足爲奇。」突然聽到外面一陣騷動，劉獨峰住口細聆。

廖六道：「外面變亂迭生，賓老爺自然大爲驚怒，縣裏也即轉報城中郗軍事，調兵遣將來察明此事。」

劉獨峰道：「假如真的是使『落鳳掌』和『臥龍爪』的人作的亂子，郗舜才派再多幫手前來，恐怕也沒有用。」

張五道：「所以，依屬下之見，既然恰好給咱們撞上，不如……」

劉獨峰截問：「你想插手此案？」

張五道：「反正……」

劉獨峰斬釘截鐵地道：「不行。」

張五道：「爺……」

劉獨峰道：「你知道這些案子是沖著誰幹的？」

張五愕然。

劉獨峰道：「他們在回京的途上兜截我們不著，便猜我們仍逗留在附近，在這一帶先幹下幾樁大案，誘使我們出手——我們只要一出手，他便知道我們所在。他們是沖著我們而來的，目標是戚寨主。」

張五訝然道：「他們……」

廖六疑惑地道：「他們是誰？」

劉獨峰道：「武林中同時會使『落鳳掌』和『臥龍爪』的人不多，九幽神君是其中一個。」

張五怒道：「九幽老妖是傅相爺的人，他用這種卑鄙手段，也不怕人參他一摺！」

劉獨峰道：「九幽老怪幹了這事，誰也指證不了是他下的手，他的目的只是拿住正犯，手段向來不顧惜。另者，這事也未必是他下的手，近年來，九幽老怪也很少親自動手作孽。」

廖六道：「可是他的弟子沒有一個是好東西！」

張五道：「我看這說不定是鮮于仇和冷呼兒那兩個狗東西幹的！」

劉獨峰道：「他們身任官職，還不敢明目張膽，再說，這兩人武功不大濟事，未必能使這兩種歹毒絕倫的妖功！」

廖六道：「爺！那我們應該怎麼辦？」

戚少商忽道：「把我押出去，交給他們。」

劉獨峰微訝道：「你剛才不是說過，要挺下去報仇雪恨嗎？」

戚少商的話音有一種萬念俱灰後的平靜，「不錯，我是要爲死去的兄弟朋友報仇，沒想到，卻又連累這許多連見也未曾見過面的無辜。」

劉獨峰忽然站了起來，背負雙手，來回走了幾步，這次他竟以無視於地上的塵埃：「不管是誰，這種作爲，都爲天理不容。」

然後，他突然停了下來，望定戚少商，道：「故此，我們更不能把你交出去！」

戚少商道：「爲什麼？」

劉獨峰道：「你好歹是個俠義之士，就算我把你交出去，也決不交給辱殺好漢的卑鄙小人！」

戚少商道：「你……」忽然哽咽，說不下去。

劉獨峰陡地喝了一聲：「誰？」

一人倉皇而入，向劉獨峰拜倒。

劉獨峰上前，把他扶起，道：「賓兄，我早就說過，你我非以廷禮相見。」

來人正是此鎮小官賓東成。他執意要拜倒，對劉獨峰想刻意討好，著意結納，但他被劉獨峰這沾袖一扶，只覺一股柔力將身子托起，再也拜不下去。

賓東成慌忙道：「下官不知劉捕神諸位在談要事，貿然闖入，該當向劉大人討罪。」

劉獨峰知道賓東成此人俗禮既多，又好丟虛文，實不耐煩與他細談，只說：「外面都是些什麼人？」

賓東成道：「城裏郗大將軍身邊的九大護衛。這九位勇士，個個驍勇善戰，立過大功，今番郗將軍恩准，前來爲劉大人金軀保駕，亦可算是下官和郗將軍的一番心意……」

劉獨峰憬然一震，卻道：「慢著！你是說郗將軍從城裏調來了『無敵九衛士』來此處？」

賓東成連忙道：「是呀！這九位大英雄、大勇士是郗將軍身邊愛將，這次郗將軍肯把他身邊九位衛士派來，便是因爲劉大人面子夠，貴重之身，決不能受近日一帶作亂生禍的妖人騷擾，所以才特別遣派這九位——」

劉獨峰即問：「郗舜才是怎麼知道我來了這裏的?!」

賓東成聽他直呼郗將軍之名，暗知不妙，但卻不知何故得罪了劉獨峰，只嚇得忙不迭地道：「下官該死，下官該死，下官見近日怪事四起，禍亂頻生，囚犯逃竄，既擔心下官部屬不才，無法保護劉大人周全，又答應過郗將軍，如果有何貴人顯要到來，務必要先通報他知道……故此，下官愚魯莽撞，昨日通知了郗將軍，郗將軍一聽得劉大人來了，便毫不猶豫，今早就撥來了這九位勇士……劉大人可不要見怪，這九位勇士，雖遠遠比不上大人神功蓋世，但忠心耿耿，膽色過人，還……」

劉獨峰一揮手，制止他再嘮叨下去，向張五、廖六道：「準備啓程。」

賓東成惶恐起來，但他又不知道自己錯在那裏：「劉大人，您息怒，我攆走他們就是，請您——」

劉獨峰道：「不關這九人的事。你不該把我在這裏的事告訴郗舜才。我們馬上就走，我們來過的事，千萬不可再洩露出去——」

他頓了一頓，沉聲道：「否則，回京以後，你的烏紗帽只怕難保。」

賓東成不料自己這一趟馬屁拍到了馬腿上，覺得自己頂上的烏紗，當真要逸空飛去，嚇得只會說：「是是，是是是，下官……」

劉獨峰拍了拍他的肩膀，安慰地道：「你先出去，最近的怪案，你管不來的，儘可能去安慰死者家屬，重加撫恤便是了。」

賓東成只會道：「是是……」

劉獨峰打開了門，道：「請。」

賓東成可憐巴巴的走了出去。

劉獨峰沉思著回身。

廖六道：「爺，咱們真的要走？」

劉獨峰沉重地道：「非走不可。」

張五道：「爲什麼？」

劉獨峰道：「如果這些怪案都是爲試探我們在哪裏而生的，那麼，賓東成的行蹤，一定爲敵人所注意，加上郗舜才這下著意示好，派了手下九名要將過來，對方如果精細厲害，早就留心了，咱們再待在這裏，不安全至極，非走不可。」

張五道：「不如——」住口不語。

劉獨峰如冷電般盯了他一眼，只說了一個字：「說！」

張五道：「我們跟他們面對面，拚一拚！」

廖六也插口道：「對，他們犯上那麼大的案子，咱們也該爲民除害。」

劉獨峰搖首道：「不。」

張五、廖六臉上都有失望之色。

戚少商道：「你們有所不知，他不是不敢拚，而是對方萬一奉有聖旨、持有密令，如果堅持硬拚，那是違抗皇命。就算對方沒有奉命，這一出手相對，無疑是跟傅宗書正面爲敵，我看，你們的『爺』向來竭力避免這僵局。」

劉獨峰淡淡地道：「你說對了一半。」

戚少商問道：「卻不知錯的是那一半？」

劉獨峰道：「他們大致並未受旨，否則，大可明正言順，要各省各縣官衙交出在下及足下便是。我一則不願與傅丞相正面爲敵，二則……我跟九幽老怪有些淵源，我希望他不要逼人太甚！」

戚少商哈哈笑道：「你們官場裏，淵源可真不少！」

劉獨峰似沒聽出他語調裏譏誚之意，只道：「跟你在江湖上朋友的因緣，也差不了多少。」

廖六道：「那我們該怎麼走？」

劉獨峰雙眉一皺，道：「這兒有幾條路回京的？」

廖六道：「一條是官道，經過燕南縣直至丹陽城，轉巴道回京；另一條是捷徑，翻過無趾山，更轉入鄴城，然後抄小道上夕陽崖，如此轉轉折折回京。」

劉獨峰只沉吟了一下，就道：「這大小二道，九幽老怪必已留意，不能走。」

廖六道：「還有一條路。」

張五道：「水道。」

廖六道：「我們可乘舟西行，航入易水，以水路縮減行徑，待離開這一帶之後，才上岸返京。」

劉獨峰道：「水路是萬萬不可的，因爲九幽老怪精通水性，在水裏遇上了他，敵優我劣，敵暗我明，決非其敵！」他用手輕輕拍了拍茶杯盅蓋又道：「不是往回京的路，又有幾條？」

廖六眼睛亮了一下，道：「一共也是三條，一是——」

劉獨峰截道：「三條都不走。」

廖六和張五都是一怔。

劉獨峰道：「我們往沒有路的地方去。避開有水的地方、避開極宜佈陣的亂石絕壁，這都是善於佈陣的九幽老怪易於發揮的所在。我們往沒有人跡、沒有路的地方去，帶好乾糧、營帳，躲它幾天，讓九幽老怪摸不著頭緒再說。」

廖六道：「可是……」

劉獨峰道：「可是什麼？沒有這樣適合的地方麼？」

廖六惶惑地道：「有是有，可是都很髒亂……我們，又只剩下兩師兄弟，恐怕服侍您不週……」

劉獨峰看看自己潔淨的一雙手，又望望自己素淨的一雙腿子，微微嘆了一口氣，道：「算了，這是什麼時候，髒就髒一些吧，只是辛苦你兩人了。」他頓了頓，又瞧瞧自己中指上的翡翠玉戒指，同時看見自己已斷了的一隻尾指，正裹著白布，時仍滲出血水來，心中大感煩惡，喃喃地道：「實在不該來這一趟的。」

他在京城養尊處優，原可不必親出捉拿戚少商，就算皇上降旨，他大可詐病養晦，皇上也不致即降罪於他。他也料不到在這追捕押解的過程裏，會發生這麼多事情，有這些種種不如意的變化。

這使他很氣惱。本來，他決意視此次捕押為最後一次，而且為了解救在京裏的一些好友身受的刑枷，他毅然承擔這個不討好的重任，結果現在夾在幾重矛盾與爲難下，進退不得。

他既不能完全秉公行事，因爲他發覺這「公」是陷人於不義；他又不能完全站在正義來對抗強敵，因爲他有太多的顧慮，使他不能作一個決然的姿勢。他只有維持自己「捕頭」的責任，既不讓人傷害他押解的囚犯，也不讓他的「同僚」侵犯到他的權威，同時，亦不能讓他的「囚犯」脫逃。

在這件事裏，他至少已損失了一隻手指，和四名愛將。

他想著有些苦惱，道：「你們不必管我，看顧戚寨主便是。」

戚少商道：「你們如想輕鬆一些，何不解開我雙腿穴道，我答應只要大局還是爲你所控制，不逃就是。」

劉獨峰斜睨著他：「你不逃？」

戚少商道：「我不逃。」

劉獨峰又道：「你會跟我們行動一致？」

戚少商道：「他們是來抓我的，我若落在他們手上，比落在你手上，要慘一百倍都不止，我要逃，也要逃出他們的魔掌，不是你們。」

劉獨峰覺得如果戚少商肯合作，倒是大可減輕負擔，於是道：「你說話可要算數。」

戚少商道：「我得先聲明，要是大局仍控制在你手，我便不逃，否則，我就要逃命去了。」

劉獨峰沉吟一下，道：「一言爲定。不過……你的傷——」

戚少商苦笑道：「有這幾天調養，稍好轉了一些兒。」

劉獨峰撫髯道：「如此甚好——」

忽然外面一陣喧鬧，「砰」地一聲，有幾條人影衝了進來。

稿於一九八五年

居留是激烈變動期間，險死還生，柳暗花明。

作者通訊處：香港北角郵箱54638號

作者傳真：（852）28115237

溫瑞安相關網頁：

WWW.6fun5.com（六分半堂）

WWW.xiaolou.com（神侯府小樓）

WWW.9sun.net（九陽村溫版）

請續看《逆水寒續集》

之上卷《月色如刀》

風雲精選武俠經典　編為臥龍生精品集

神州豪俠傳

臥龍生—著

臥龍生與司馬翎、諸葛青雲並稱台灣俠壇的「三劍客」
台灣武俠小說界，臥龍生獨領風騷被稱為「台灣武俠泰斗」
臥龍生是台灣著名武俠小說作家，也是海外新派武俠小說家一員

台視曾播出改編自臥龍生小說的《神州豪俠傳》電視劇，
知名演員江彬、常楓、乾德門演出，轟動一時！

一位翰林院編修、一名新科狀元，竟在天子腳下的京畿重地先後失蹤，事非尋常，九門提督府的總捕頭職責所在，只得軟硬兼施，將京城裡黑白兩道有頭有臉的領袖人物請到，再三拜託他們協助找出端倪，生要見人，死要見屍。一時間人仰馬翻，京城到處杯弓蛇影。不料，透過京城名花小素喜和神算高半仙的指引，查出此事與一本天竺奇書有關，還有萬花劍、陰陽劍、川東二煞等江湖高手參與，更神秘的是，北京城中還另有一位極厲害的人物，幕後主持其事，其人為誰？則完全無法察出一點蛛絲馬跡……

【武俠經典新版】四大名捕系列

四大名捕逆水寒（下）捕神

作者：溫瑞安
發行人：陳曉林
出版所：風雲時代出版股份有限公司
地址：10576台北市民生東路五段178號7樓之3
電話：(02) 2756-0949
傳真：(02) 2765-3799
執行主編：劉宇青
美術設計：許惠芳
行銷企劃：林安莉
業務總監：張瑋鳳

初版日期：2021年06月新版一刷
版權授權：溫瑞安
ISBN：978-986-352-941-5
風雲書網：http://www.eastbooks.com.tw
官方部落格：http://eastbooks.pixnet.net/blog
Facebook：http://www.facebook.com/h7560949
E-mail：h7560949@ms15.hinet.net
劃撥帳號：12043291
戶名：風雲時代出版股份有限公司
風雲發行所：33373桃園市龜山區公西村2鄰復興街304巷96號
電話：(03) 318-1378
傳真：(03) 318-1378
法律顧問：永然法律事務所 李永然律師
北辰著作權事務所 蕭雄淋律師
行政院新聞局局版台業字第3595號 營利事業統一編號22759935

定價：270元

國家圖書館出版品預行編目資料

四大名捕逆水寒（下）／溫瑞安 著. -- 臺北市：風雲時代，2021.02- 冊；公分

ISBN 978-986-352-941-5（下冊：平裝）

1.武俠小說

857.9 109019979